Elfi Steickmann

Kopp huh, Kölle!

Elfi Steickmann

Kopp huh, Kölle!

Greven Verlag Köln

Die Deutsche Bibliothek – CIP-Einheitsaufnahme

Steickmann, Elfi:
Kopp huh, Kölle! / Elfi Steickmann – Köln : Greven, 2000
ISBN 3-7743-0318-5

Zweite Auflage 2003
Einbandgestaltung: Friedhelm Konsorski, ABISZET GmbH, Köln
Druck und Bindung: Steinmeier, Nördlingen

Vorwort

Nein, selbstverständlich soll der Titel dieses Buches, »Kopp huh, Kölle!«, nicht besagen, dass Köln und seine Menschen bisher mit hängendem Kopf herumlaufen, Trübsal blasen, Minderwertigkeitskomplexe kultivieren, und schon gar nicht, dass die Kölner Mundartautoren daran schuld sind oder ihren Teil dazu beigetragen haben. Aber das sieht man auf den ersten Blick, erlebt es nach der ersten Kontaktnahme, dass Elfi Steickmann Optimismus und Lebensfreude ausstrahlt, positives Denken vermitteln will, dass sie nicht auf die Mauern starrt, sondern zielstrebig auf die Türen in diesen Mauern zugeht. In der »Welt« ihrer Verse und Geschichten gibt es die Kamera mit Powergriff und Autofocus und den »Handy-Virus«, teure Diätpläne und merkwürdige Kontaktanzeigen in den Zeitungen, gescheiterte Ehen bei den Alten und Ehen auf Probe bei den Jungen, man sieht Rosamunde-Pilcher-Filme im Fernsehen, wenn einem nach Sentimentalität zumute ist, und kauft vor Festtagen halblegitim im Großhandel. Aber irgendwie bleiben die Menschen und ihre Konstellationen zueinander doch auch wieder gleich: Immer noch sind Freundinnen mit ihrer Kritik schneller zur Hand als mit einem Lob, immer noch holt man tief Luft, wenn ein Dreijähriger fragt, wo denn die kleinen Kinder herkommen, immer noch lebt der Mensch auch von Erinnerungen und holt im Älterwerden die Erlebnisse aus Kindheit und Jugend, mit Eltern und Großeltern nur langsam ein, und immer noch wird der Mensch mit Tod und Vergänglichkeit konfrontiert und muss mit ihnen leben. Zum festen Erzähl-Inventar dieses Buches gehören der Ehemann, der sich »en der Mucki-Bud« seine Fitness geholt hat und geduldig die Abenteuer eines Kleiderkaufs kommentiert, und der heranwachsende Sohn, der die Erkenntnisse aus dem Erste-Hilfe-Kurs probeweise zu Hause anwendet und den Erwerb des ersten Motorrad-Führerscheins mit den Eltern feiert. Ob es sie beide manchmal reizt, dieselben Geschichten aus ihrer Perspektive zu erzählen? Aber insgesamt kommen sie doch recht gut weg. Und Elfi Steickmann hat ja auch durchaus einen Sinn für Selbstironie, zum Beispiel in »De Mamm flüch fott«, am bewusstesten wohl in »Et Fessmenu«. Das Haus mit den vielen Treppen zwischen Waschküche und Trockenspeicher (»Mer hann en eije Huus«) und dem komplizierten Gästebett (»Einunsibbenzich«) gehört, nach einem kürzlichen Umzug, inzwischen auch schon zur Vergangenheit. Aber »em Erftkreis, wo ich derheim ben« (»Mit Powerjreff un Autofocus«), ist sie geblieben. Geboren wurde sie am 11. September 1947 in Köln-Lindenthal. Aufgewachsen ist sie in Poll, wo sie auf die Volksschule Rolshover Straße ging, und seit 1959 in Deutz, von wo aus sie die Aufbaurealschule in der Frankstraße besuchte. Anschließend absolvierte sie eine Sparkassenlehre und arbeitete als Sekretärin bei mehreren Versicherungen. Seit 1969 ist sie verheiratet; ihr Mann ist Betriebsleiter bei Bayer in Dormagen. Seit einer Reihe von Jahren wohnt die Familie in Bergheim-Glessen. Aber ein zweiter Lebens-Mittelpunkt ist Köln geblieben. Zum Schreiben kam sie, als sie aufzuzeichnen begann, wie ihr Sohn in seiner Kindheit die Welt (und die Sprache) entdeckte. Kindergarten, Familie und Nachbarschaft, später auch die Schule boten das erste Publikum. Manchmal, etwa bei »Dat, wat uns driev«, scheint der Charakter der Gelegenheitsdichtung noch durch. Eine vielleicht ererbte, jedenfalls natürlich wirkende Begabung zum Vortrag erhöhte die Wirkung. Damit wuchs der Ehrgeiz. Mancher Text wurde hie und da gedruckt. Und es kam zu der Entdeckung, die sie heute in die einfachen Worte kleidet: »Ävver Kölsch wor schöner.« 1996 konnte sie in einem Verlag, bei dem die Autoren den Hauptteil der Finanzierung ihrer Bücher übernahmen, ihr erstes Buch »Us nem kölsche Hätze« veröffentlichen. Für das hier vorliegende zweite will ich den lauten Ruf »Kopp huh, Kölle!« ergänzen durch den leisen Wunsch: Viel Spass zum Beispiel bei der »Üvverschwemmung en Bethlehem« und bei der Antwort auf die Frage »Wie süht nen Engel us?« Das wäre ein Einstieg. Das übrige folgt dann von selbst.

Heribert A. Hilgers

Kölle ess mih!

Kölle ess mih wie der Dom un de Vringspooz,
et Veedel un de römische Mor.
Kölle ess mih wie der Rhing un de Altstadt,
de Jässjer un Prinz, Jungfrau un Boor.
Kölle ess mih wie Oper un Huhstroß,
der Nümaat un der Dreikünningeschring.
Kölle ess mih wie Alaaf un de Kirche,
et Hännesje un ne Hellijesching.

Kölle, dat ess Schicki-Micki un Klüngel,
dat ess Tradition met janz vill Pläseer.
Kölle, dat ess de Trümmermadonna,
e Mahnmol vum Kreech, mer hält se en Ehr.
Kölle, dat ess: et Heimwih zo spöre,
irjendwo, wick fott vun Zohuus.
Kölle, dat ess wie ne Mantel, dä wärm hält,
selvs wann do et mööchs, do kriss en nit us.

Kölle, dat sin och jro Hingerhöff, die noch
düster un dreckelich, ohne en Blom.
Kölle, dat sin ahl, verfalle Hüser,
die nit renoveet wäde wie unse Dom.
Kölle, dat ess nit bloß Richdum un Jeld,
et levve jenoch Lück noch he op der Stroß.
Kölle, dat ess hück en Milljonestadt,
för Puute ess se mänchmol zo jroß.

Kölle, dat ess de Domplaat em Summer,
op der et Jroßstadtlevve pulseet.
Kölle, dat ess: sich freue aan Künsler,
vun denne jeder jet Neu's fabrizeet.
Kölle, dat ess die Plaaz för zo »dräume«,
doför sorge Dealer rund öm et Johr.
Kölle, dat ess, de Täsch fasszohalde,
söns ess se fott, och dat ess he wohr.

Wie mer süht, ess Kölle nit besser
wie ander Städt bei uns op der Welt.
Mänchmol ess Kölle richtich jewöhnlich,
doch jet jitt et he, wat anderswo fählt.
He spö't mer noch Wärmde un Freud vun Minsche,
die eifach bloß sage: Jeck, loß Jeck elans!
Aan Baute un Stroße kann dat keiner messe.
He hann sujar Punker un Jrufties en Schangs.
Dat ess Kölle!

Dat, wat uns driev

Ne Clown em Zirkus mäht vill Saache.
Hä brängk de Puute aan et Laache.
Scheck Seifeblose wieß un bunt,
jroß un klein, all kugelrund,
en et Zirkuszelt op Reis.
Die klein Puute wäden leis,
se luustere, wat su ne Clown
verzälle deit vun Zick un Raum.
Un kütt ne Zirkus en de Stadt,
lore klein Pänz sich jän draan satt.

Janz wieß bemolt, ens laache? – kaum,
su steit ne Pierrot em Raum.
Bal wie en Maske et Jeseech,
lo't hä en't helle Sonneleech.
Föhlt sich verlore en der Welt,
mer spö't, dat se im nit jefällt.
Sing Auge voll vun Trorigkeit.
Ein Tron verzällt vum Hätzeleid
un läuf, wann immer hä se bruch,
vum Bäckelche erav nohm Buch.
Su schaff hä, dat mer met im lick,
doch bei meer kütt hä nit wick...

Janz anders ess der kölsche Clown,
dä för üch all hück steit em Raum.
Hä kann alles, springe, laache,
och met üch de Aap ens maache.
Kann däftig sin wie'n Nümaatskrat,
och elejant un akkerat.
Lo't nor noh vörre, kaum zoröck.
Jünnt jedem Minsch e Stöckche Jlöck.
Doch dä Clown mem kölsche Hätz
kennt och Wihmot, Troor un Schmätz.
Hä weiß, dat Jlöck nit iwich hält,
wie esu mänches op der Welt.
Dröm jitt hä jo met beidse Häng
deer nit bloß schön Jebootsdaachskläng,
och e paar Wööt, die dich bewäje
un bränge aan et Üvverläje.

Weil do jebore bess zo Kölle,
darf hä esu met deer verzälle.
Et jitt su vill, wat üch verbingk,
hä kennt dä Jrund, dat et jelingk.
Do häss, wie jede kölsche Fetz,
och ne kleine Clown em Hätz.
Mähs do ens irjendjet verkeht,
dann hilf dä deer, dat nix passeet.
Un weil dä Clown en deer jo weiß,
dat nix jejesse weed su heiß,
wie et vun Minsche weed jekoch,
häss do Jedold, dann jeit et och.
Ein Naach ens länger üvverläje,
kann su allerhands bewäje.

Dröm loß de Flöjele nit hange,
su mänches Johr bess do jejange
dinge Wääch, och allt ens stoor,
wor doch ejal, wat bliev, zällt nor.
Häss dich jeböck, dann, wann do wollts,

nie jet jedonn, wann do et sollts.
Hück hammer dich zorääch jestupp,
un domet wigger alles flupp,
trick dinge Clown dat Resümee:
wie et och wor, et wor o. k.

Nohkaate, dat ess nit uns Aat,
wo meer jebore, weed jesaht:
»Nemm et all met, un kütt ne Fall,
stand widder op, verblöff se all,
die denke, jetz bess do jeschaff.
Se kenne nit die Levvenskraff,
die Flöjele, us Mot, uns jitt.
Ihrlich, vill Lück, die hann dat nit!«
Un weil mer hück janz unger uns,
verrode mer, et ess kein Kuns:
Dat, wat uns driev, wie ne Motor –
uns kölsch Jemöt, Hätz un Humor,
dat hät mer, kann et nit bestelle.
Bess stolz drop – wie dä Clown us Kölle.

Met Powerjreff un Autofocus

Dat wor domols, wie et zick e paar Woche mi eesch Boch jov. Natörlich freut mer sich, wann mer sujet op de Bein jestallt hät, besondersch drüvver, dat sich vill Lück doför intresseere. Ich hann Jlöck, de Dachszeidunge un de Wocheblädder em Erftkreis, wo ich derheim ben, welle all jet üvver mich un dat Boch schrieve. En Zick vun veezehn Dach jonn de Artikele wie jeschnedde Brut. Immer ess e Bild vun mer dobei, domet de Lück sich och vörstelle künne, wie ich ussinn.
Jedes Bild ess us nem andere Bleckwinkel opjenomme, un ich sinn op jedem anders us. Meer mäht dat nix, ich ben stolz un zofredde üvver dat, wat jeschrevve weed.

Eijentlich för mich de Haupsaach, ävver, wie et schingk, nit för ming Famillich, för Fründe un Bekannte. »Alsu op däm Bild sühs do us, als ov do ne veezich Zentimeter lange Schwanehals hätts.« – »Dä Fotojraf hät dich ävver ärch alt jemaat. Mer süht ding Falde ihrlich vill zo jot.« – »En där Zeidung hann se dich wie en Hex avjebildt.«
Et ess widder Sonndaach, ich ben op der Titelsick vun ener regionale Zeidung, do kütt och allt ne Aanrof vun ener Fründin: »Dat Bild ess schön, ußerdäm kann mer di Wonnzemmer jot erkenne.« Ich ben fruh, dat nit bloß mi Wonnzemmer einem jefällt. Der nöhkste Aanrof: »Alsu, Elfi, wie kanns do op su nem Foto e kareet Baselümche aantrecke...! Do sühs unmüjjelich us...«
Wie mer et mäht, et ess immer verkeht. Langsam krijjen ich ne decke Hals. Well dann keiner verstonn, dat et meer vill mih öm dat jeit, wat üvver mi Boch jeschrevve weed? Un för et »Playgirl« en däm Mond hann ich jo och nit kandideere welle. E bessje wödich ben ich op se all!
Hück hät sich widder en Redakteurin aanjesaht. Die jung Frau kütt en Stund zo fröh. Mäht nix, su kann se noch flöck met meer un mingem Jung jet esse. Hoffentlich schmeck et ehr, dann weed villeich dismol dat Bild wirklich jot. Et ess ne jenöchlije Nommedaach, eijentlich richtich löstich.
Zoeesch klemmp dä Dikteerapperat. Neu Battrie sin em janze Huus nit opzodrieve, un die jung Frau muss et all met der Hand noteere.
Dat Froge un Verzälle jeit hin un her, un koot vörm Tschüss sage fällt ehr en: Mer bruche noch e Foto. (Ich hatt allt jedaach, ich köm draan vörbei.)
Se hät en janz neu Kamera dobei, un ich ben ehr eesch Fotomodell. Dat Hätz vun enem Hobbyfotojraf wööd bei däm Aanbleck opjonn. Et ess en Nikon F 90 X (dat X ess wichtich) met Powerjreff, Autofocus, TTl-Optik un nem Weichzeichner.
Janz ihrlich, ich hann kein blasse Ahnung, wat dat all för Saache sin. Ihrfürchtich loren ich die Kamera aan un sage

leis zo ehr: »Jetz maach ävver och e jot Bild, wann do sujet Besondres bess.«
Dat hät die jung Frau jehoot un laach: »Die Kamera mäht nor schön Bilder.« Ich setze mich en Positor, die Redakteurin pack die Kamera am Powerjreff un... dat döre Dinge deit et nit. Et mäht bloß Jeräusche wie ne janz normale, bellije Fotoapperat, ävver et deit nit bletze, nit zoome, nit weichzeichne. Mer versöken et noch e paar Mol. Immer widder dunn ich höösch laache, domet et op däm Bild och jot weich erüvverkütt .
Ne Aanrof bei nem Kulleech brängk Hölp, et muss bloß noch dat rud un jrön Knöppche jefunge wäde, dann...
Ming jung Redakteurin fingk all die Knöppcher, av un zo deit et jetz och der Bletz. Zor Secherheit jevven ich ehr e Foto vun mer met, för dä Fall, dat dä Weichzeichner bei der janze Attraktion doch de Weichheit verjesse hät.
Alsu: Der Bereech un dat Bild wore prima.
Ävver jetz, wo et all en Odenung wor, hät nit ein Fründin aanjerofe!

Mer hann en eije Huus

Zick üvver zwanzich Johr wonne mer en enem Reihehuus. Mer hann uns doför nit esu schlemm krommläje müsse wie ander Lück, die sich ehr Hüsje vum Mungk avjespaat hann, ävver janz ohne Enschränkunge un Verzich jingk et och bei uns nit, un dröm hange mer aan unser Hött.
Enzwesche ess unse Jung he jebore, un hä hät dat Ness, wo hä opjewaaßen ess, ärch en si Hätz jeschlosse. Kütt ens einer vun uns met däm Jedanke, woanders neu zo baue, ess hä tireck derjäje: »Ich mööch he nit fott, et ess et schönste Huus op der Welt!«
Mer freuen uns, dat hä sich esu derheim föhlt, ävver för mich als Huusfrau wör e Huus met winnijer Stofe nit

schlääch. Schleeßlich muss ich met jeder Wäschmang vum Keller bes op de Läuv, dat sin drei lang Trappe, die ich met lahm Ärme un möd Bein eropkäche muss.
Wann ich dann och noch der halve Krom verjesse, weed us däm Trappeklemme ne Marathon. Us luuter Wot wälze ich dann widder der Immobilijedeil en der Dachszeidung un de Kiesblättcher vum Ömkreis un söke unger der Üvverschreff »Verkauf – Hüser » jet, wat pass.
Jitt et nit... zo klein, zo jroß, zo wick fott, zo alt, zo neu un vör allem: zo dör.
Alsu schnappen ich mer widder mi alt Körvje, wat mer bes aan et Kenn reck, un taaste mich, bal ohne jet zo sinn, erop bes unger et Daach.

En de letzte Woche hann ich mer en neu Aat un Wies aanjewennt: zoeesch ens alles op de Trapp em Paterr avstelle un dann wade, ov ußer mer noch e ander Familljemetjlid jet met noh bovve nimmp. Ming Jedold weed op en had Prob jestallt.
Minge Jung schaff et met Aki durch Höppe un Springe, selvs wann drei ov veer Trappelinge volljepack sin met Krom, dat Hindernis zo nemme.
Et mäht im Spass, Aanlauf zo nemme un die veer Stofe wie beim Huhspringe kunsvoll met enem Schasewitt zo üvverfleje. Ich ben dobei am ziddere un hoffe bloß noch, dat hä sich nit Ärm un Bein brich. Op der Enfall, winnichstens ens e Boch odder singe Molkaste, dä allt zick e paar Dach op der Trapp steit, met noh bovve zo nemme, kütt hä eesch dann, wann hä jewahr weed, dat ming Stemm jet jereiz klingk. Dann fällt im metens en, dat hä jrad si Deutschheff – su öm de dressich Jramm – huhjestemmp hät un alles op eimol no och nit jeit.
Alsu maachen ich mich widder met Wot em Balch op ming Klemmtuur un kumme mer wie ne Packesel vör.

Om Röckwääch well ich mer e Püsje un ne Schluck Sprudel jünne, muss ävver zo minger janz besondere Freud

fassstelle, dat en der einzije Sprudelfläsch, die em Köhlschrank steit, jrad noch der Boddem feuch ess.
Die Avsproch, dat, wä die Fläsch leddich mäht, och en neu holle muss, flupp nit esu jot.
Och et letzte Blatt Klopapeer ess immer för mich parat. Die Roll ens ei Blatt zo fröh uszowäßele, wör jo Arbeit. Met Trone vör Wot en de Auge un de Bein zosammejepaasch muss ich dann, wann och de Ersatzroll allt fott ess, bes en der Keller laufe. Doot dat ens met aanjewinkelte Kneen, un jeböck, wie wa'mer ne Puckel hätt!

Un do säht doch verhaftich minge Dokter immer widder för mich, ich mööt jet mih Sport drieve.... Eine Daach bei mer derheim dät ich im ens jünne....

De Mamm flüch fott

Zick minger Schullzick hann ich en Fründin. Vör üvver zwanzich Johr ess se vun Kölle noh Berlin ömjetrocke. Unser Fründschaff hät dat nix jeschadt. Us de Auge hann mer uns nit verlore.
Sulang ehr Eldere noch en Kölle jewonnt hann, hammer uns, wann se die besook hät, och immer jetroffe. Doch die Eldere sin jetz allt zick Johre unger der Äd. Dis Johr maachen ich endlich mi Verspreche wohr, se ens en der neu Bundeshaupstadt zo besöke.
Der Flochsching hann ich allt vör Woche zo nem besondersch jünstije Pries bestallt un och ming Famillich, Ihemann un Son, informeet: Am Mondaach fleje ich för veer Dach noh Berlin!
Dat de Mamm sich allein op Jöck maache well, weed met ärch verschidde Reakzijone opjenomme. Minge Jung freut sich för mich. Hä kann ming Fründin jot ligge un jünnt mer die Reis. »Un, Mamm, wäjen dem Esse bruchs do deer kein Jedanke zo maache. Pizza, Feschstäbcher ov

Fritte, ich kumme die paar Dach zorääch.« Bei mi Schwester well hä op keine Fall. »Och, Mamm, behandel mich doch nit wie e I-Dötzje, ich wäde bal fuffzehn.« Richtich aanjeäkelt vertrick hä et Jeseech, un eijentlich hät hä rääch. Dat Mutterdeer en mer hät immer noch nit de richtije Enstellung zo enem Jung, dä bal erwaaße ess, jefunge.
Dä Kommentar vun mingem Mann ess eifach un knapp: »Wann do meins, do mööts fahre, un unse Jung kütt parat, bes dat ich ovends us der Firma kumme?«
Sing Bejeisterung hält sich en Jrenze, secher freut hä sich em Stelle met mer.
Allerdings jet ärch em Stelle.

Die Däch verjonn, un op dä Mondaach kann mer allt lore. Natörlich hann ich et widder all üvverdrevve. De Hemder hangen allemolde jebüjelt em Schaaf. De Lieblingsbotze un de Pullis vun mingem Jung lijjen op der Reih em Faach. Leckerjots för ene janze Mond ess do verstoche, wo hä et jewennt ess. Un dann et Esse. Ich hann enjekauf, wie wann ich uswandere wöll. Bloß nit der Verdaach opkumme loße, die zwei mööte Hunger ligge, wann ich mer Freud maache.
E klei bessje Avschiedsschmätz üvverkütt mich doch beim Tschüss-Sage. Nit zeije... Ne jemeinsame Fründ brängk mich nohm Flochhafe. Mer sin vill zo fröh, un hä spendeet mer aan der Flochhafebar keine Kaffe, oh nä, ne Piccolo.
Eijentlich mööt mer et mer aansinn, dat mer esu en Alleinreis jar nix usmäht.
Dä Fründ säht: »Bes dann«, ich packe minge Koffer un jonn loss nohm Gate B; he weed jo vill Englisch jeschrevve un jesproche. Beim Schleife fällt mer en, dat zwei Kleider un zwei Botze för veer Dach eijentlich jenoch jewäs wöre. Ich hann widder vill zovill metjenomme un muss et och noch allein drage. Ming Ärme wäden immer länger, un langsam vermesse ich allt minge Mann.

Dä drät mer söns alles. Ävver dat »Enschecke« jeit flöck, un ich hann noch jenoch Zick, durch de Hall zo flaneere. Dat Scheld »Duty Free Shop« fällt mer op. Ich künnt mer dä Shop jo ens aanlore.
Ich jonn de Trapp erop, dröcke die jroße Jlasdör op un stonn bedröv vör däm Jeschäff. Usjerechent hück, wann ich fleje, hät dat zo. Bedröppelt well ich durch die Jlasdör widder erav, dröcke jäjen de Klink: zo. Wat ich och aanstelle, die Dör jeit nit mih op. Ich ben enjeschlosse. Modersillichallein stonn ich he om eeschte Stock vum Köln-Bonner Flochhafe un versöke, ming Panikstemmung zo ungerdröcke. Wat kann ich dunn? Zoeesch ens laut brölle? Kütt bloß em üßerste Nutfall en Froch, ess mer nit damehaff jenoch. Üvver de Britz klemme...? Ävver woröm soll ich mer usjerechent am Aanfang vun su ener schön Reis e Bein breche? Bliev noch die Müjjelichkeit, zo wade, bes mer ne Engel Hölp scheck, je noh däm künnt dann ävver allt mi Flochzüch fott sin.
Janz en Jedanke jonn ich dä Flor op un av, un wie ich e Stöckelche mih »av« jonn, verstecke ich bal vör Laache. En janz normal Trapp föhrt hingen öm de Eck widder zoröck op mi »Gate B«. Jott sei Dank, ävver die Trapp hann se wirklich jot verstoche. Richtich domm kumme ich mer vör, un op eimol jeit mer och e Leech op: Op Inland-Flöch darf mer jar nit en dä zollfreie Laden eren!

Dä Floch weed wunderbar. Der Himmel ess klor, et Sönnche strohlt, nevve mer sitz ne nette Nohber. Un en Berlin treffen ich ming Fründin! Opjestaute Leev un Fründschaff vun üvver dressich Johr schwappen üvver, un ich föhle mich wie derheim. Mer hann uns esu vill zo verzälle, dat de Stunde verfleje. Ov ming Famillich hungert ov nit, kütt mer jar nit mih en der Senn. Ich jeneeße alles, un ming Schnüss jeit wie en Entefott!
Em Huus ben ich janz för mich allein en enem schöne Zemmer em Keller ungerjebraht, tireck dernevve en Dusch un der Klo. He kann ich schlofe, sulang wie ich

well, et Fröhstöck weed mer jemaat. Ich wäde vun vörre bes hinger verwennt.
E janz klei Problem hann ich en der eeschte Naach. Nohdäm mer uns Widdersinn met e paar Fläschelcher Schampus bejosse hann, verspöre ich naaks e minschlich Röhre. Ich laufe en et Badezemmer, un do fällt mer och eesch dat komische Klobecke op, et ess e Männerklosett. Logisch, ming Fründin hät zwei Sön, die fröher ehr Zemmer he unger em Huus hatte.
Alsu talpe ich en Trapp erop un stonn vör der verschlosse Wonnungsdör.
Wat jetz? Ming Fründin eruskloppe mööch ich nit, et ess allt ärch spät. Soll ich en der Jade jonn? Villeich ess de Huusdör nit avjeschlosse, ävver et ess Engks Oktober un verdammp kalt.
Wie op Eier jonn ich die Trapp widder erav, lang halden ich nit mih durch, un met e paar Verrenkunge un nem Spetzedanz wie en Ballerina kann ich dat Männerklosett benötze. Am Morje dunn ich minger Fründin alles verzälle. Se laach sich kapott: Die Wonnungsdör hät ne janz eifache Drihknopp. Dat hätt ich wesse müsse. Op dä Enfall, dodraan ens zo drihe, ben ich nit jekumme, un langsam jläuven ich, dat op där Reis Dürre mi Schecksal sin.
Us Vörsich jitt mer ming Fründin av hück e Händi met, wann ich allein ungerwägs ben, domet ich mich immer melde kann, wann widder ens en Dör klemmp.

Die Däch sin flöck vörbei, dann der Röckfloch. Voll met neu Endröck freuen ich mich widder op ming zwei Männer.
Allebeids stonn se met ener Rus en der Hand am Flochhafe un waden op mich.
Et hät all prima jeklapp, un verhungert sin se och nit.
Doch janz leis säht minge Jung för mich: »Mamm, ich ben fruh, dat do widder do bess. Et wor vill zo räuhich em Huus.«
Et deit jot, wa'mer ens vermess weed!

Stell dich doch ens eifach dut!

Minge Jung kütt jot jesennt vum
»Erste-Hilfe-Kurs« noh Huus:
»Die Pröfung hann ich allt bestande«,
un höllt de Urkund stolz erus.
»Mamm, ich mööch der jetz ens zeije,
wat för Jreffe ich allt kann.
Läch dich ens platt he op de Äd,
dann sühs de, wat jeüb mer hann!

Zoeesch muss dinge Kopp ens huh,
dann kanns do och nit mih verstecke,
de Zung kütt su vun selver noh,
jetz maach ens su, als däts do schlecke.
Der räächte Ärm muss op der Buch,
dann hann ich dich mih en Jewalt.
Klammer dich nit aan mer fass,
bess ohnmächtich, bruchs keine Halt!«

Ich maache wal die Saach nit jot,
denn minge Jung ess richtich streng.
»Met dä andere leef dat besser,
do sühs dat alles vill zo eng.
Stell dich doch ens eifach dut!
För e Minüttche muss dat jonn,
de Hätzmassaasch, die strengk jet aan,
do wees se secher üvverstonn.

Jeüb hann ich die eesch aan Poppe,
die Lampe hatte, jäl, jrön, rut.
Fuffzehnmol de Bruss jedröck,
et hät jeklapp, nit einer dut.
Bloß die rud Lamp, die dät leuchte
noh jedem Drock, ich wor am koche:
Jerett hann ich se jo all,
doch jeder hatt en Repp jebroche.«

En Mamm ess jo kurascheet,
vill übe muss der Panz zohuus,
der eeschte Drock op Bruss un Hätz,
vör Laache heelt ich et nit us.
Och die »stabile Seitenlage«,
vum Rögge rolle op de Sick,
de Häng unger Kopp un Fott,
maht ich ihrlich unjescheck.

Doch hä kann allt wirklich vill,
hät Neuerunge all em Kopp:
Wie mer de Lück driht räächs ov links,
un och et Trüste hät hä drop.
Wat ich mingem Jung noch wünsche:
wann hä et bruch, dann och kein Angs.
Un wann ehr kutt ens en sing Häng,
jläuven ich, ehr hatt en Schangs!

Jeder hät si Püngelche zo drage

Ov de mihste Minsche met ehrer Fijor jlöcklich sin, kann ich nit sage, ävver ich kann mich mänchmol nit ligge. Alsu wann ich mich vun vörre besinn, ben ich eijentlich met mer zofredde, bloß vun der Sick kumme mer Bedenke. He ne Hüvvel un do ne Hüvvel, natörlich do, wo se nit hinjehöre. Eine vun dä Hüvvele kann ich för en koote Zick verschwinde loße: Buch entrecke... ävver lang halden ich dat Spill nit durch, krijje Krämp, un de Luff weed knapp. Dann redde ich mer widder jot zo: »Do wors doch noch nie en Bunnelatz, hatts luuter jenoch op de Rebbe. Eijentlich häss do dich kaum verändert.« Dat »kaum« sin e paar Pund Veränderung, die sich üvverall jot verdeilt hann.

För der Buch jet zo üvverspille, ka'mer sich hückzodachs met dä elejante, voll elastische un straffe Spetzebodys helfe. Die bränge einem dann och die lang verjesse Talje ens widder jet nöher. Fröher jov et sujet och allt, ävver lang nit su schick. Su e Dinge nannt mer domols Korsett. Met singe Stange hinge un vörre sohch dat us wie en Reuterröstung. Mer steit noch ming Mamm vör Auge, wie se sich aan huh Fessdäch met Jewalt en dat jet ärch rusafärve Jestell erenschruve dät un dann erömleef, als hätt se e Brett em Rögge.
Wat mer aan dä hüggije Spetzebodys immer jet Kopppping mäht, ess die Froch, wat mer deit, wa'mer ens müsse muss. Mer darf de Bandschieve nit verschlesse hann, denn söns kritt mer die Hökcher, die noh dem Opmaache bes en de Talje erop noh hinge flitsche, vun vörre nit zo packe. Ich dät ens jän ei Frauminsch kennelihre, wat, ohne sich de Ärme zo verrenke, met »Leichtichkeit un Elejanz« widder aan die Hökcher kütt.
Trotzdäm, ov met odder ohne Body, et ess ens widder Faastezick aanjesaht. Met janz vill Jedold un Möh hann ich zehn Pund en e paar Mond avjenomme. Jetz jefallen ich mer och widder vun der Sick, un dat bessje Buch entrecke mäht mer kein Moläste mih.
Ävver noh drei Woche Orlaub hann ich, trotz Oppasse, doch widder e paar Pund drop.
Nit allt widder Faastezick.... ich hann kein Loss mih doför!

Minge Mann hät, wie hä säht, domet kein Sorje. Hä hält si Jeweech allt johrelang. Wat mich dobei jet wundert, ess, dat hä, ovschüns et Jeweech jo jlich jeblevve ess, ne janz nette Buch kräje hät.
Ens höösch dodrop aanjesproche, weed hä richtich kott: »Et ess all wie fröher, mi Jeweech stabil, nix hät sich aan minger Fijor jeändert.« Dobei trick hä janz flöck si klei Kölschjeschwör en. Ich dunn esu, als dät ich nix merke. Wovun soll dä ärme Kääl och zonemme? En der Firma

iss hä meddachs bloß ne kleine Schlot un e Maria-Hölp-Züppche. Ovends dann noch e paar Botterramme, kaum jet Fettijes.
Hä verjiss bloß, dat hä jeden Ovend der Ress vun unsem Meddachesse met der Froch »Ess dat noch frei?« kalt us dem Pott odder der Kump verschlingk, ejal ov Jemös odder Fleisch. Zom Wärme hät hä kein Zick. Ich ben dann fruh, wann hä vörher noch winnichstens der Mantel usdeit.
Donoh kummen dann bloß noch de Botterramme un dat Kölsch. Nä, dovun ka'mer verhaftich nit zonemme.
Ovends nohm Ustrecke talp mi Leevje wie Adam de Trapp en et Schlofzemmer erop, föhlt sich unbeobaach, un dä, do ess dat Büchelche widder. Hä merk, dat ich in belore. »Ich hann nit zojenomme. Villeich hät sich ming Fijor usenein jedaut.«
Dat merk hä, wie mer der nöhksten Aanzoch enkaufe. Trotz johrelangem Normaljeweech muss alles en Nummer jrößer jekauf wäde. Dat litt ävver secher aan der neu Mod un däm Franzuseschnett, alles jet enger, jet mih op Fijor. Do nimmp mer dann besser en Nummer jrößer.
Janz zofredde ess hä met singe Föß, aan denne hät sich nix verändert, de Schohnsjröß ess, trotz der neu Mod, verhaftich jeblevve.

För zweschendurch ne Eiwieß-Kokos-Rijel

Allt widder knallt meer ming Wooch veer Pündcher zo vill vör der Latz. De Summerferije ha'mer jotjedonn. Ävver ehre Ress sitz jenöchlich op minger Fott un aan mingem Buch.
Luuter muss ich draan jläuve, ovschüns ich aan jedem Iesbecher un och aan jedem Koche met Trone en de Auge lans jejange ben. Ich kann et drihe, wie ich well, die veer Pund müsse bes zo de Winterferije widder erav, et leevs

noch e paar mih. Ming Famillich hät zwor en ander Meinung: »För uns häss do ihrlich kei Jramm zovill am Liev«, klingk et beim Ovendesse wie us einem Mungk vun Mann un Son. Dat mööt mich eijentlich stolz maache, ävver ich jefalle mer eifach nit mih en dä Röck un Botze, die he un do un üvverall petsche, un weil ich och esu allt kei Rebbejestell ben, muss jet jedonn wäde. Em Kopp hät en Diät allt ehr Plaaz jefunge, ävver nit en mingem Mage. Vill zo jän essen ich alles, wat jot rüch un däftich schmeck. Ußerdäm hann ich esu vill Fründe un Bekannte, dat jrad et Wochenengk widder zojepack ess met Essejonn un Feere.
Dä richtije Enfall hät ming Fründin. »Do, ich kenne do ene Lade, dä hät Diätprojramme em Paket. Do kanns deer ussöke, wievill Dach do dich kasteie wells, doför jitt et dat Esse, met klein Häppcher för zweschendurch, avjepack. Do bruchs nit enzokaufe un och nit zo brötsche. Die janze Saach ess nit bellich, ävver ärch aanjenähm.«
Noh kootem Üvverläje nemme ich dat Projramm »Sechs Dach met Zupp«. Jester woodt mi Esse, nit op Rädder, nä, en Blösjer, aanjelivvert. De mehschte Freud hann ming zwei Männer. Dä üvverjroße Katong weed opjemaat, un klein Tütcher un Päckelcher, jrad wie för ne Kinderkauflade, schibbele us der Kess. All die klein »Leckereie« sin jot verpack, un op jedem Blösje steit en Zahl. Der eeschte Daach: soor Milch met Cornflakes (ich hann dat mangs Jematsch allt fröher nit jemooch), för zweschendurch ne Eiwieß-Kokos-Rijel, meddachs en Krückcheszupp un Klatschkies, widder zweschendurch Eiwieß-Kokos-Rijel (wat soll eijentlich dat ville Eiwieß?), ovends Lauchzupp, un för et Knabberstündche vör der Äujelskess Froochsnäcks. Janz höösch jonn ich met minge Fingere üvver dat klei Blösje un spöre esu fünf bes sibbe ärch knappije Häuf, nit jrößer wie ene Jrosche, unger de Fingerspetze. Die had Knöpp darf ich dann zwesche Dachs- un Spätschau zom jode Schluss vum eeschte Diätdaach verkimmele. Wann mer die janze

Blösjer op eine Haufe stivvelt, süht dat esu jottserbärmlich us, dat mer en Versökung jeröt, leever alles op eimol zo verdröcke, domet mer winnichstens eimol am Daach satt weed.
Ävver morje fangen ich op jede Fall aan.

Am nöhkste Morje jeit minge Mann, wie söns och, Brütcher kaufe, mich hät hä hück nit enjerechent. Am Fröhstöcksdesch loren mich ming Zwei voll Neujier aan: Mäht se et odder mäht se et nit? Wat för en Froch, se mäht et!
Ich nemme mer die soor Milch, kippe die Cornflakes en dat Döppe, noch ens koot ömröhre, un dann jeneeßen ich der eeschte Löffel, dä zweite jeneeßen ich allt nit mih esu, un beim drette weed mer klor, dat ich dä Fraß nit esse kann. Voll Neid loren ich minge Jung aan, dä jrad en e Milchweckche met Schukeladekräm bieß; jlichziggich ess minge Mann e Kiesbrütche am verdröcke. Mer läuf et Wasser en der Mul zosamme. Nä, alsu zwei Dach mööt ich et doch schaffe! »Mamm, maach ding Kump leddich, söns fähle deer e paar Kalorie, un ußerdäm ess dä Krom doch vill zo dör för fottzowerfe«, säht dä Minsch, dä ich ens unger Schmätze op de Welt jebraat hann. Eine Löffel versöken ich noch. Op die Ungerstützung vun mingem Mann met »Ei Löffelche för der Papp un ei Löffelche för de Mamm« kann ich jot verzichte. Wie einer, dä am verdööschten ess, schödden ich flöck zwei Tasse Kaffe en mich eren, tschüss Fröhstöck.
Endesse ess et elf Uhr, Zick för et Leckerjots för zweschendurch: Eiwieß-Kokos-Rijel ess aanjesaht un e fresch Brütche. Brütche? Wie vun selvs hät doch dat lecker Brütche, der Ress vum Fröhstöck, op minge Teller jefunge. Künne Brütcher laufe? Ich bruche nor noch jet Kies un Woosch dropzoläje.
Ihrlich, ich dunn mich jet schamme, am eeschte Daach allt zo fusche, ävver op minger Wooch kann ich, wann ich beim Dropstelle mi Jeweech op ei Bein verläje un mich

met de Fingerspetze e janz klei bessje aan der Wand avstütze, allt ne Erfolch vun bal zwei Pund fassstelle. Un dat vun einem Morje!
Ov mer vum schlääehte Jewesse noh dem Esse avnemme kann? Ich künnt jo ens noh jedem Haupjang en halv Stund »schlääch Jewesse« übe un dann ens avwade, ov et hilf. –
Et hät nit jeholfe, no jo, kunnt et och nit. Die Päckelcher un Blösjer hann de eeschte Naach bei mer derheim nit üvverstande, die wore janz flöck em Möll, un eijentlich petschen die Botze un Röck jo kaum – bloß nohm Esse muss ich en jod halv Stund stonn, domet de Krämp ophöre.

Dä Rot wor jot

Wa'mer sich hück em Fründes- un Bekanntekreis ömsüht, kritt mer mänchmol et ärm Deer. En janze Häd Ihe sin en der Zweschezick allt kapott. Dat jeit natörlich met vill Trone un met vill wölle Wööt üvver de Bühn. Alles verändert sich, un die neu Ex-Ihlück müsse et Levve neu zorteere.
Mer kütt dann allt ens aan et Üvverläje....
Och meer sin allt dressich Johr verhierot. Die Zahl versetz mer mänchmol ne richtije Schock, un die Froch kütt op: Wo sin all die Johre jeblevve?
Jenau wie en all dä ander Ihe jingk et och bei uns erop un erav, ävver mer hann et jepack. Hück denken ich su mänchmol, ov mer sich dodrüvver em Klore ess, wat die Antwoot om Standesamp un en der Kirch: »Jo, e janz Levve lang« eijentlich bedück.
En de Illustreete jitt et luuter ne Dokter Weiß-et-all, dä mer froge kann, wa'mer Probleme hät.
Wat et all för Probleme jitt, lese ich do met janz vill Intresse. Mänchmol muss ich och üvver dä jecke Verzäll

laache. Luuter kütt dodren dann die Froch: En unser Ih ess et esu räuhig jewoode, wat künne mer anders maache? Un die schlau Antwoot vun däm Dokter ess: Maht ens jet janz Verdötschtes. Doht ör Zosammelevve ens neu üvverdenke.
Ich jläuve, minge Mann hät och ens su en Zeidung jelese.

Sonndaachnommedaach, ich hann mich en unsem Schlofzemmer op der Läuv jet op et Öhrche jelaat, do hören ich in ungen en der Köch krose. Tasse wäde hin un her jestallt, et rüch noh su jet wie Kaffe, de Plätzjesdos klappert, un janz höösche Schrett kummen immer nöher.
Hann mer hück Mutterdaach? Söns mäht sich minge Mann doch nit die Möh, mer en Tass Kaffe bes aan et Bett zo bränge. Ich ben ihrlich üvverrasch un neujeerich. Ävver koot vör der letzte Stuf hören ich ene Opschrei, hä hät wal de Föß nit mih richtich aanjehovve, av fuffzich jeit dat jo och nit mih esu jot. »Au wih, minge decke Zih!« Et jitt ene Kladderadaatsch, un dann hö't mer dat jode Posteling bloß noch durch et Trappenhuus höppe.
Ich springen op. Alles ess kapott, litt ungen em Keller, un vun der Espresso-Kann met dem janze Mutt ka'mer de Spore bes en der Keller verfolge. Dä fresch »jepresste« Espresso läuf de Wäng erav, un mi Hätzblättche ess ärch bedröv. Hatt hä et doch su jot jemeint un woll mer en Freud maache.
Ich dunn in jet trüste, un dann putze mer zosamme vun bovve bes unge et Trappenhuus. Dat hatte mer en dä Johre, die mer verhierot sin, noch nie jedonn. Un dann jonn mer op dä Schreck jot Kaffedrinke.
Dä Rotschlach vun dem Dokter, ens jet aan unsem Zosammelevve zo ändere, wor jar nit su schlääch. Mer hann et jedonn: Jetz hann mer em janze Trappenhuus en neu, avwäschbare Tapet.

Einunsibbenzich

Dat Minsche em Schlof spreche däte, hann ich allt off jehoot. Mäncheiner säht sujar, dat einer, dä schlief, en richtije Sätz Antwoot jitt, wa'mer in fröch.
Alsu vörstelle kann ich mer dat nit, villeich ess et doch mih su e Jenuschels un dä, dä dat hö't, muss sich met jet Fantasie der Ress derbei dunn.
Janz ejal, wie et bei ander Lück ess, minge Mann sprich nit em Schlof, hä schnorks, jrunz odder deit, je noh Stemmung un Johrszick, schnuve.
Et jitt Näächte, do stören mich die Jeräusche nit, ävver en de letzte Mond hät dat Kunzäät aan Kraff un Lautstärk zojenomme. Ich weiß och, woröm. Zickdäm minge Mann e paar Pündcher mih op de Rebbe hät, fällt im et Luffholle naaks jet schwer. Kumme noch e paar Kölsch odder e paar Jläsjer Wing (natörlich nor janz drüje, denn »dä setz nit aan!«) dobei, weed die Naach höllisch; op jede Fall för mich. Dä Satz »Läch dich op de Sick« widderholle ich wie en Schallplaat. Nötz dat nit, dann hilf nor noch et Waachmaache odder Röddele. Dat jitt ävver fiese Ärjer, denn hä mööch jo sing Rauh hann. Ich ävver och. Wann dann langsam de Loss, im der Hals erömzodrihe, en mer huhkrüff, »bedde« ich mich freiwellich öm. Off ess et dann ävver allt zo spät. Mehschtens werfe ich esu jäje veer Uhr morjens et Handdoch, un öm Veedel vör sechs klingelt suwiesu der Wecker. Ich talpe met mingem Bettzüch, Trone vör Wot en de Auge, de Trapp erav en uns Jästezemmer. He maachen ich et mer op däm kleine Kanapee jemötlich. Et ess jrad esu jroß, dat zwei Lück drop setze künne. Dat süht dann esu us: Ich kringele mich wie en Katz zosamme, domet ich üvverhaup aan et Lijje kumme. Noh ner halv Stund ess minge Nacke stief, ich hann Koppping, un de eeschte Jeheenzelle sin lahmjelaht. De Föß sin vun Iesklumpe kaum noch zo ungerscheide, un et Plümmo litt mih op der Äd wie op mingem Liev. Ich künnt natörlich dat klei Kanapee usklappe, ävver

dann mööt ich zoeesch dä Jlasdesch met all däm Krom un dä Poppewage mem Pöppche op Sick dunn, die bungkte Knuddelkösse avrüme, die Röckwand fottnemme, dä Latteross unge ustrecke, die Matratz noh vörre klappe, die Röckwand för et Koppkösse widder hinläje un dat Bett richtich maache. Mänchmol dunn ich et un lese, bes dat der Wecker schellt, weil mich dat Dress-Ömrüme hellwaach jemaat hät. E Jlöck, dat dat nit jede Naach passeet.
Jester wor et bal widder su wick. Schnorkse, ming Schallplaat »Läch dich op de Sick«, un op eimol hören ich en Antwoot: »Einunsibbenzich«. Ich halden de Luff aan. Einunsibbenzich? Met där Zahl kann ich nix aanfange. Do falle mer die Rotschläch vun Fründe en, mer sollt eifach wiggerfroge. »Wat sähs do?« Janz mulich jitt mer minge Mann zor Antwoot: »Naakshemb Jröße einunsibbenzich!« Jo, un jetz lijje ich do un üvverläje. Noch ens froge? Jet Neus kütt dobei nit erus, noch eimol jrummelt hä die Zahl einunsibbenzich, dann schlief hä wigger. Vun wäje janze Sätz!
Natörlich kütt tireck der Jedanke en mer op: Hä hät en Fründin! Ävver wann ich mer die en nem Naakshemb Jröße einunsibbenzich vörstelle – ich jläuve, esu en Jröße jitt et noch jar nit –, mööt dat allt jet janz Jewaldijes sin. Villeich ess et och et Alder? Vill älder Fraulück hann off jet ärch Leeves aan sich. Dat hann ich ävver och, winnichstens mänchmol.
Ich rofe mich zor Odenung: »Wäd bloß nit fies!«, de Jröße spillt üvverhaup kein Roll, der Minsch deit zälle. Villeich ess et jo och e wunderschön Datum, aan däm mer Zwei jemeinsam jet erlääv hann. Einunsibbenzich? Mer fällt beim beste Welle nix en. Un die Zahl erömdrihe en sibbenzehn? Na, »siebzehn Jahr, blondes Haar...« Jecke Verzäll, op blond hät hä noch nie jestande.
Ejal wie ich et sinn, erus kütt nix, ävver ich fingen ens widder keine Schlof.
Veedel vör sechs, der Wecker meldt sich. Voll Kraff un Enerjie höpp mi Leevje us der Fluhkess. Op dä Dis-

köösch en der Naach kann hä sich nit besenne. Wat ich im widder för ene Käu verzälle! Ävver ich kann im aansinn, dat im ming sorjevolle Jedanke Freud maache. Meer nit. Loß hä doch naaks verzälle, wat hä well. Ich hören nit mih zo. Odder besser doch?

Mänchmol

Mänchmol mööch ich deer jän noch ens ne Daach schenke, wie hä fröher bei uns wor.
Dann jingke mer em Rän spazeere, däten uns de Mul fuselich schwade, un uns Laache köm widder us vollem Hätze.

Mänchmol mööch ich deer jän noch ens en Naach schenke, wie se fröher bei uns wor.
Dann künnt ich en dinge Ärme lijje, ding Wärmde spöre un mich eifach ohne Sorje en ding Leev falle loße.

Mänchmol mööch ich deer jän noch ens ne Draum schenke, wie mer en fröher jedraump hann.
Dann wöre mer noch ens wie jroße Pänz, die de janze Welt verändere wollte, nix Schlääächtes em Senn, ävver voller Enfäll, et all besser zo maache.

Mänchmol mööch ich deer un meer dä Wunsch erfölle, noch ens janz vun vörre aanzefange, doch wör et dat wirklich?
Dann wören all die jot Däch un die schläächte Zigge, de Freud un et Leid, die Sorje un die Kraff, et all immer widder op de Reih zo krijje, rack ömesöns jewäs.

Meer hann et doch all jehatt, e paar Dräum sin wohr jewoode, en Häd Wünsch hann sich erföllt.
Mänchmol mööch ich eifach bloß danke sage.

Wie jroß muss en Wonnung sin?

Zick e paar Johr maache mer Ferie op en ander Aat. Mer fahre met nem Wonnmobil durch de wigge Welt.
Derheim bruchen ich, för zofredde zo levve, mi Huus met 140 Quadratmeter öm mich eröm.
Mänchmol sin mer die noch zo winnich. Ävver en de Ferie ess dat Wonnmobil, alles op dem engste Raum zosammejepaasch, noch nie e Problem jewäs. Alsu kütt mer met vill winnijer Plaaz och us, dobei söken de »Singels« hück allt Wonnunge met winnichstens zwei Zemmer, Köch un Bad.
Irjendwie kumme mer en der letzte Zick bei däm Üvverläje un Simeleere immer widder ming Jroßeldere en der Senn. Wat hann die Lück fröher zofredde jelääv!
Der Jroßvatter un de Jroßmutter wonnten en Müngersdörp en der Linnicher Stroß, die jitt et och hück noch. Hä hatt Schringer jelihrt un sich dann spezialiseet op Sessel, Kanapees un Stöhl, dat heeß dann Stohlbauer, un wor bei der ahl Firma Pallenberg am arbeide. Ming Schwester un ich dorften in do esu off besöke, wie mer wollte. Wann mer de Döör opmahte, roch et allt noh Holz un Liem. Et wor en jewaldije Arbeitshall, ävver immer jemötlich wärm, un dä Jeroch, dat Laufe üvver Säjespien, wie op enem Teppich, weich wie Samt, un all dat Kloppe, Hubbele, Säje wor uns esu vertraut wie dat, wat mer derheim en der Köch hoot.
De Kulleje vun mingem Jroßvatter däten uns all jot kenne, un aan jeder Werkbank un jeder Maschin dorfte mer stonnblieve un zolore. Der Jroßvatter dät uns jän alles useneinpusamenteere, un av un aan kunnte mer im och ens zor Hand jonn, en Zwing aandrihe odder e Kielche verlieme.
Als Luhn jov et fuffzich Penning Sonndaachsjeld, wo de Jroß nix vun wesse dorf. Punk ein Uhr jingken de Fabriksirene, un alles vertrok sich en de Pus. Weil de Stolberjer Stroß, wo de Firma Pallenberg wor, nit wick fott wor vun

der Linnicher, jingk der Jroßvatter meddachs noh Huus esse, un jetz kumme mer op de Wonnung.

Om eeschte Stock en enem Zweifamilljehuus hatten der Opa un de Oma ei Zemmer.
Wann mer de Döör eren kom, stundt links aan der Wand e jroß Bett, su wie hück de Boorebedder sin, met einem Koppkösse un einem Plümmo. Dann kom et Finster un, op der räächte Sick, e allmächtig Kleiderschaaf. Dat hatt der Jroßvatter selvs jebaut. E Meisterstöck, us Keeschbaum poleet. Rääch un links wore zwei jroße Dürre, die met Spejele verkleidt wore, en der Medde en klein Spejeldöör un drei jroße Schösser. Dat Schaaf wor su doll jezemmert, dat die Dürre met enem leichte Luffzoch zofeele un för kei Stöppkoon mih Plaaz wor. Donoh kom dat alt Kanapee, dovör ne richtije huhe Essdesch un e paar ahl Stöhl. Op der letzte Sick hatten der Ovve un et Köcheschaaf ehr Plaaz, och widder vum Jroßvatter met vill Leev jeschringert. Drei klein jlaser Rutte, verzeet met Spetzejadingcher, däten der Bleck noh enne avfange. Dat wor och jot su, denn em Schaaf sohch et us wie bei Hempels ungerm Kanapee. Dat Zemmer wor villeich achzehn Quadratmeter jroß, un he woren der Opa un de Oma derheim. Et Badezemmer mooten se sich met ener Famillich op der selve Etasch deile. Wann se Engks der Woch bade wollte, mooten se sich met der Nohbersch-Famillich avspreche.
He en däm Zemmer hatt de Oma et Rejalt. Der Opa dät jede Woch si Luhnblösje avjevve un kräht vun der Oma fünf Mark Täschejeld för en janze Woch. Dat wor üvverhaup kei Problem. Se woren allebeids zofredde, un de Familljefeste, die se he zosamme met uns un der Nohberschaff jefeet hann, wore jemötlich un schön, un Plaaz för se all wor och jenoch.
Hück frogen ich mich natörlich: Wat hatten die zwei för en Levvensenstellung odder Levvensfilosofie? Wie jän dät ich vun inne all dat lihre, wat ich fröher als selvsver-

ständlich aanjenomme hann. Froge kann ich se allt lang nit mih, ävver villeich kütt vun bovve doch noch ens ne Wink, domet ich endlich en mingem Huus, wat sibbemol jrößer ess wie dat ahle Zemmer vun de Jroßeldere, su zofredde ben, wie sei et domols wore.

Ne Schwan stirv nit bloß eimol...

Ming Eldere, allebeids sin se allt lang dut, woren echte Kölsche. Jebore em Vringsveedel un en der Biber- un Annostroß opjewaaße. De Mamm heelt de Famillich zosamme. Der Papp wor ne Scharmör, dä se em janze Fründeskreis wäje singe Krätzjer un singer Aat, de Lück zo ungerhalde, jot ligge kunnte. Hä kunnt janze Fesssäl met singe Rümcher un Verzällcher aan et Laache krijje. Beim Verzälle wor hä luuter am jriemele, un sing blo Auge sohchen us wie Stäne. Mänchmol woss mer nit, ov et de Wohrheit wor odder in der Düvel rett. De deechterische Freiheit dät hä allt ens janz uskoste, ävver löstich wore sing Verzällcher, ov erlääv odder usjedaach, immer, un dröm hatt hä de Laacher op singer Sick.
De Mamm kunnt jünne un dät sich mehschtendeils met im freue. Derheim wor et nit immer esu löstich, he wor hä ne richtije Matscho... Alles moot noh singer Nas jonn. Och mer Pänz krähte dat zo spöre. Hä hatt Bochhalder jelihrt, veezich Johr wor hä en derselve Firma un maht sing Arbeit akkerat, mer künnt sujar sage pingelich. Kein Zahl dorf kromm jeschrevve wäde, keine Linijalstrech wor scheif. Beim Arbeide hatt hä Ärmelschoner aan, domet de dör Baselümcher och lang heelte, un als Usbilder wor hä för su mänche Lihrjung en had Noss, ävver hä wor immer jerääch.

Vill usjefalle Saache hatte mer derheim nit. Der Papp verdeente jrad su vill, wie mer för zo levve brohte, doch als

Zojav zo unser Bildung dorfte mer, mi Schwester un ich, eimol em Mond met en et Thiater odder Opernhuus jonn. Dat wor för domols wirklich jet janz Dolles. Och de Mamm kom dann ens endlich widder unger de Lück. Der Papp jingk off bloß met, domet die dör Kaate nit verfeele. Em Opernhuus schleef hä och allt ens en, ävver hä maht dat luuter met Haldung un feel nie op. Schlemm woodt et em Ballett. Ich jläuve, der Papp fung et eifach för zo laache, dat sich usjewaaße Mannslück en vill zo eng »Strampelbotze« erenpaasche däte, öm jet op der Bühn erömzohöppe. De Mamm hatt Ballett jän; üvverhaup alles, wat met Kuns zo dunn hatt, dät ehr jefalle. Wann se der Papp nit esu fröh jehierot hätt, hädden se secher su ne Berof jelihrt. Su dät se sich op dä Daach janz besondersch freue un jov dem Papp der Opdrach, för sei allt ens e Projramm zo besorje. »Sibyllche, dat ess doch klor!« saht hä janz ähnz.

Der Ballettovend kom. De Mamm dät et einzije schöne Kleid aan, wat se hatt, söns drohch se bloß Kiddele, dät sich wie ene Schruvstock en ehr Korsett drihe, domet ehr stramm Fijor och richtich staats ussohch, nohm e bessje Leppesteff »Rouge Baiser« un e Dröppche Parföng »Soir de Paris« un wor fädich.
Em Foajee aanjekumme, woodte de Mäntel avjejovve, un de Mamm dät janz höösch nohm Projramm froge. Met enem Jriemele hollte der Papp e klitzeklei Papeerche, eine Zentimeter jroß, us der Botzetäsch, op däm stundt:

Opernhaus der Stadt Köln
Heute: Schwanensee.

Hä hatt dat Dinge us der Zeidung erusjeschnibbelt. Mänchmol kunnt mer üvver sing Wetzjer nit laache...

Ovschüns der Papp kein einssibbenzich jroß wor, dät hä sich aanstelle, als ov hä ne Ries wör. Et jingk nämlich öm de Eckplaaze. Mer hatte nit immer de jliche Plaaze, un en der Medde kunnt der Papp – wie hä saht: wäje singe lang Bein – nit setze. Alsu woodt versook, met däm, dä aan der Eck soß, zo tuusche. Wor dä dojäje, dät sich der Papp op de Trapp, jenau nevven die Eckplaaz, hinsetze un esu lang kühme un knottere, bes dä ärme Kääl vör luuter schlääch Jewesse doch sing Plaaz för der Papp freimaht. Der Papp jringten vun einem Ohr bes nohm andere, un mer stallten uns de janze Zick esu, als ov mer in üvverhaup nit kenne däte.

Der Vörhang jingk op, un Schwanensee fing aan. De Mamm wor janz hin- un herjeresse. Die Dänzerinne un Dänzer kunnten ävver och danze! De Mamm wor en ehrer Draumwelt un dät die paar Stund jeneeße. Der Papp hatt Möh, de janze Zick waach zo blieve, un maht em Setze als Ungerhaldung die janze Ärm- un Beinbewäjunge met. Endlich kom e Püsje. De Lück strömten en de Jäng un Vörräum, un och meer wollte uns jet de Bein vertredde. Der Papp dät he allt sing Jeckereie drieve un de Dänzer nohaape. Hä hatt richtich Spass aan singem eije Verzäll, wor Meddelpunk, un jetz laht hä richtich loss.
Em schwatze Aanzoch un met jestärktem Ovverhemb dät hä ne »Spetzedanz« op et Parkett läje, dat kei Aug drüch blevv. Hä tippelte wie en Primaballerina op Ziehespetze durch et Foajee, singe Kopp hatt hä dobei janz jraziös wick noh hinge jelaht, dät de Ärme met Aki wie för en Spetz noh bovve verschränke, un met enem Bleck wie et Jreta Jarbo wor hä ein Piruett noh der ander am drihe. Op eimol woodte sing Ärme zo Flöjele, un wie ne Albatros, dä koot dovör wor, om Buch zo lande, stallt hä en janz neu Aat vum »sterbende Schwan« op de Bein. De Lück blevve reihewies stonn un klatschten us Spass aan der Freud en de Häng.
De Mamm wör et leevs en de Äd versunke, dann maht se sich durch de Kood un leet sich de janze Pus üvver nit mih bei uns blecke. Dem Papp hatt dat Kreppche jot

jefalle. Hä hatt ens widder singe Optrett jehatt un dä ander Lück och noch Pläseer jemaat.
Dat de Mamm kott wor, woll hä nit verstonn. Et wor doch no wirklich nit schlemm, wat hä jedonn hatt.
Hück weiß ich, woröm se kott wor: Se hatt evvens nit jän ene Clown zom Mann.

De Tant Annemie

Nit bloß minge Papp wor op alle Festivitätcher un bei alle Jeläjenheite ne jode »Entertainer« (vun im hann ich wal jet jeerv), nä, e paar us singer Famillich wore richtije Künsler. Do jov et sujar ne Komponis, der Carl Bette, dä janz vill schön Leeder jeschrevve hät. Ävver dä hann ich nie kenne jelihrt.
Doför kannt ich der Ohm Hein un de Tant Annemie, se wore Vatter un Doochter un irjendswie met dem Papp noh verwandt.
Der Ohm Hein wor Chorsänger he am Opernhuus. Ne finge ahle Här met lang, schneiwieß Hoor, die im bes op de Scholdere feele – e bessje sohch hä us wie der Albert Einstein. Hä drohch immer helle Baselümcher, moßjeschniedert, un öm die Falde vun singem Hals hatt hä e sigge Halsdoch jeschlunge. Met singem elejante Spazeerstock en der Hand un nem wieße Panamahot om Kopp jingk hä zo Foß durch Kölle.
De Tant Annemie wor am Opernhuus em Ballett. Ov se wirklich en Primaballerina wor, weiß ich nit mih, ävver jot danze un höppe, dat kunnt se.

Eimol em Johr en der Adventszick jingke mer, der Papp, de Mamm, mi Schwester un ich, die zwei besöke. Se däten en enem jroße, ahle Huus en der Nöh vun der Bastei en zwei Wonnunge op einer Etasch zosammelevve.

Die Wonnung vum Ohm Hein, bei däm sich der Besök avspille dät, wor ärch düster. Die jroße Finstere jingke noh hingen erus tireck en ene jraue, kahle Hingerhoff. Keine einzije Sonnestrohl fung dä Wääch en de Zemmere. De Möbele woren all us schwatzem Holz, bloß dat alt Kanapee, wat för der Kopp aanzoläje wieße Spetzedeckcher bovven op de Polstere hatt, dät dat Bild jet fründlijer maache.
Ävver uns Pänz hät dä ahle Pröll jot jefalle. Bilder vun Thiateropföhrunge stundten en Reih un Jlidd op dem Vertiko. Usrangscheete Kledasch us dem Thiater lohch eifach esu eröm odder hing aan der Jadderob.
Kaffe jedrunke woodt us janz fing Sammeltasse, mer wore bal zo bang, dä Posteling aanzepacke, un der Koche, vum Kunditer jehollt, zerjingk op der Zung. Nix wor zo dör! De Mamm saht immer: »Die verjöcken et janze Jeld.«
Richtich intressant woodt et för uns Puute ävver, wann de Tant Annemie vum Thiater noh Huus kom. Wie ene Engel dät se en et Wonnzemmer schwevve, de Mamm un uns Pänz hätzlich bejröße un minge Papp met enem spetze Krieh: »Fritz, wat sühs do widder jot us« un enem Augeopschlag, dä all dat versproch, wat de Mamm nit wesse dorf, aan ehr Primaballerinabruss dröcke.
Der Mamm verjingk et Laache.
Bei mingem Schwester un meer wor dat anders. Et hing immer e Knestere en der Luff. Un wann die Jroße om Heimwääch am fespele wore, kunnte mer zwei do och noch e paar intressante Saache erushöre. Su erfohre mer, dat de Tant allt en junge Johre vun ehrem Mann jeschiede wor un nevvenbei e paar Fisternöllcher hatt. Mer Pänz sohchen se jetz met janz ander Auge, hingen aan ehre Leppe, wann se uns widder jet vun ehrer Turnee noh Äjypte verzälle dät, un klatschten en de Häng, wann se uns e paar vun ehre Ballettschrettcher vörmaht. Als Luhn för uns Aanhimmele jov et us ehrem Schminkschatzkessje e paar klein Leppesteffjer för uns zwei.

Derheim wore mer Puute tireck em Badezemmer verschwunde, do woodten alle Färve usprobeet, bes dat de Mamm kom, die hatt för su jet üvverhaup keine Senn. Mer krähten en Juv, un de Leppesteffjer flochen en de Avfalltonn. Verstande hann mer dat eijentlich nie. De Tant woll uns Mädcher doch nor en Freud maache.
Irjendswann hoote mer bei nem Disköösch zwesche der Mamm un dem Papp dä Usdrock: »Dat hät et richtich jelihrt, dat Rüffje.«
Rüffje, wann dat su ne dolle Berof wor, woll ich dä och lihre, schleeßlich kunnt mer dobei danze, höppe, Reise maache un vill Leppesteffjer jebruche. Su richtich useneinposementeere, wat »Rüffje« för ne Berof wor, woll de Mamm mer ävver nie.
Alsu woodt ich kei Rüffje, ävver der Spass am Optredde hann ich behalde.

Der Nutjrosche

Mer levve zwor hück en ener modän Zick, ävver die älder Lück künne sich immer noch nit met einer Saach aanfründe: et Jeld op de Sparkass zo bränge.
Wie off lis mer en de Zeidunge, dat bei ahl Rentner, die jestorve sin, Jeld zwesche der Wäsch, ungerm Koppkösse, unger der Matratz, en der Brutmaschin ov hingerm Schaaf jefunge woodt; un nit selde ess dat en adich Sümmche.
Jott sei Dank hann mer unsem Vatter – mingem Schwijervatter – beijebraht, die Nüsele, die hä nit bruch, op enem Konto aanzoläje. Un wie hä hoot, dat et och noch e paar Märkelcher Zinse als Luhn jov, hatt hä et kapeet.
Dat hatte mer uns su jedaach, ävver der Vatter hatt trotz allem die Aanjewende behalde, ne »Nutjrosche« wigger zohuus en Secherheit zo bränge.

Üvver die Hüh vun esu nem Nutjrosche kammer jo jedeilter Meinung sin. Der Vatter hö't jar nit zo, wa'mer in froge. Hä verröt uns nix, un domet basta.
Et jeit uns och eijentlich jar nix aan, ävver nohdäm hä vör e paar Mond derheim vun zwei Fraulück hingerlestich üvverfalle woodt, die dä ärme ahle Mann vun bal fünfunnüngsich Johr ärch trakteet hann, maache mer uns doch Koppping. Die zwei Fraulück hann im nix Schlemmes jedonn, weil jet derzwesche kom un der Vatter sich trotz singem Alder noch öntlich werre kunnt. Ävver beim nöhkste Mol kann dat janz fies en de Botz jonn.
Widder versöke mer, im de Sparkass jet schmackhafter zo maache.
Dä Erfolch höre mer e paar Dach späder: »Ich hann die paar Mark, die ich op de Sick jebraht hatt, op de Kass jedonn; unger der Nihmaschin bruch keiner mih zo söke, do ess nix mih!« Alsu de Nihmaschin wor die Plaaz, wo hä jet verstoche hatt. Jewoss hatt dat vun uns keiner, ävver mer sin fruh, dat unse Vörschlach jenotz hät. Hä mööt dämnoh jo noch e paar Stelle hann... E bessje hann mer dat Jeföhl, dat dat »Fottkrose« im Freud mäht. Villeich sin mer Pänz im zo vörwetzich.

Et kütt widder die Woch, en der ich met der Famillich beim Vatter putze jonn. Minge Mann mäht der Jade en Odenung, minge Son wedelt jet mem Stöpplappe durch de Jäjend, un ich kruffe vun einer Hött en de ander.
Nevven däm ahle Kolleovve ess dat jro Linolium allt verschlesse. Aan einer Stell ess der Boddem unger däm Belach besondersch huh, secher hät sich do der Dreck vun de letzte Woche jesammelt. Och dat noch, jetz muss mer och allt ungerm Linolium putze. Ich hevve dat kapodde Stöck aan un ben janz verbasert: Vör mer litt en decke brung Breftäsch, der Nutjrosche, ävver för janz vill »Nut«. E deck Püngelche Jeldsching lort aan der Sick erus, un bovvendrop litt ne Zeddel, op däm der Vatter met singer akkerate Handschreff jeschrevve hät: »Woröm bess

do esu neujeerich?« Ich kumme mer richtich erwisch vör; ohne zo söke hann ich singe Schatz jefunge, un hä hät eijentlich drop jewadt. Vörsichtich loren ich mich öm. Keiner hät mich jesinn. Flöck klappen ich der Boddem widder zo, stelle dä ahle Stohl aan sing Plaaz un maache ming Arbeit zo Engk.
Kei Woot verroden ich mingem Mann. Villeich wöödt dä mer och nit jläuve, dat dat Zofall wor.
Beim nöhkste Huusputz dunn ich die Eck usspare un ens avwade, ov mer villeich ming Schwöjersch, met der ich mich avwähßele, unger veer Auge dat »Hevve vun enem Schatz« verröt.

Wat si' mer jeschleche!

Bei de Lück en der Nohberschaff weed immer öfter jehierot. De Pänz, die mer fröher luuter beim Spille op der Stroß jesinn hät, sin jroß jewoode un jonn ehre eije Wääch. Allt vör e paar Mond hann ich unger veer Auge verzallt kräje, dat die Eldere sich nit jot domet avfinge künne, dat ehr Pänz kein Pänz mih sin. Morjens e fremb Jeseech unger der Dusch odder am Fröhstöcksdesch zo treffe, su janz unverhoots, wor en der eeschte Zick ne richtije Schock. Ävver se hann sich all draan jewennt, och wann die Jeseechter allt ens wääßele däte.
Irjendwann wor et dann doch der odder die Richtije.
Ich freue mich för dat Pärche un die Eldere. Se verstonn sich all janz jot, un secher weed et och noh der Huhzick wigger fluppe met dä zwei.
Bei esu en Aanläss maache ming Jedanke immer Sprüng zwesche hück un jester. Jeplant weed die Huhzick jenau esu akkerat un met vill Leev, wie mer dat fröher och jedonn hann, ävver et wor doch bei uns mänches anders.
Zick e paar Johre lääv dat jung Pärche allt en ner klein Wonnung zosamme. Un met »zosamme« meinen ich, dat

se wie e Ihepaar alles deile, evvens Desch un Bett. Se stonn alsu am Huhzicksdaach jemeinsam us der Lappekess op, drinke zosamme en jot Tass Kaffe, jonn dann nohm Standesamp, villeich en de Kirch un ovends widder zoröck en de Wonnung.

Wat hät sich eijentlich jeändert? Nit vill! No jo, der Name. Ävver och dat muss hück nit mih su sin. Die Fraue künne ehre Mädchename behalde.

Un dann jeit et wigger wie söns och. Hück dunn die jung Männer koche, büjele un och putze. Die jung Fraulück hann et jot verstande, se tireck en de Flich zo nemme, un mänchmol fangen ich ne Satz op wie: Ich dunn mingem Mann doch nit de Schohn putze. Wä ben ich dann? Doch nit sing Putzfrau!

Wä ben ich dann?... muss ich mich och ens froge. Ich putze mingem Mann un mingem Jung hück noch de Schohn un büjele de Hemder, dat hät sich esu enjespillt, un trotzdäm hann ich nit dat Jeföhl, usjenötz zo wäde. Ich ben jo och am mehschte zohuus. Ußerdäm mäht mer die Huusarbeit Freud. Jederein muss jo sinn, wie hä et bess met dä andere parat kütt. Dat Pärche weed dat Kind wal schöckele!

Eijentlich hann se et jo richtich jot. Allt su fröh en eije Wonnung, keiner mih en der Nöh, dä derzwesche schwadt. Se künne sich jän hann un zänke, wann immer un wie off se welle. Keiner pass mih op, wann se heim kumme, ov et Zemmer opjerühmp ess, der Äschebecher un der Papeerkorv usjeschott un die fresch jebüjelte Saache endlich em Schaaf verschwunde sin.

Söns ben ich eijentlich keine Fründ vum Nohkaate un sage: »Ehr hatt et ävver jot! Wat wore meer fröher ärm draan!«

Fröher, dat wor uns Zick, un hück ess et die Zick vun de Junge, ävver e bessje hann se verpass: dat Jeheimnisvolle, Romantische un dat Hoffe, dat de Eldere endlich ens widder käjele jonn, domet mer uns en Rauh knuutsche un leev hann künne.

Uns Jedold woodt op en had Prob jestallt, denn su off wie hück jingken uns Eldere nit erus. Doför hatten se kein Nüsele. Met ziddrije Kneen ha'mer op dä Friedaach odder Samsdaach jewadt, aan däm et widder ens su wick wor.
Kaum wore de Eldere durch de Dör, kome mer aanjeschleche. Vörsichtich wie mer wore, hatt uns bestemmp keiner jesinn. Dat hatte mer ävver och bloß jedaach. Mer wore uns noch nit en de Ärme jefalle, do dät et allt schelle. De Nohbersch hatt natörlich hinger de Jadinge jeläje un maht sich ehre Spass drus, uns zo störe. Kurascheet wie mer wore, däte mer de Dör nit opmaache, ävver unse ahle VW-Käfer stundt medden en der Enfahrt. Wat wore mer domols noch domm!
Dann kom dat, wat nit esu schön wor: die Angs, dat se uns verrode dät. Un die blevv noch wochelang en de Knoche hange.
Jott sei Dank! Dat ess hück anders! Die jung Lück levven ehr Jeföhle us, janz ohne Angs un Drock. Jeneeße, alles wat et jitt, pur.
Ich dunn et inne jünne, ävver wann se mich froge, verzällen ich jän vun minger Sturm- un Drangzick, un mänchmol süht mer, wie se beim Luustere en et Simeleere kumme.

Esu öm de fuffzich

En Fründin un ehre Mann sin letz Johr, nohdäm se bal fünfunzwanzich Johr verhierot wore, useneinjejange. Jetz ess se widder allein.
Se muss sich draan jewenne, noh su ener lang Zick selvs jet us ehrem Levve zo maache, un se versök, Jlichjesennte zo finge. En ener Zeidung fällt ehr en Aanzeich op:

Danzjrupp sök neu Metjlidder, Ihepaare odder Singles esu öm de fuffzich.
Dat künnt doch jet sin. All sin se em jliche Alder, un ußerdäm jehö't mer met bal fuffzich hückzodachs jo verhaftich noch nit bei et Altieser. Eijentlich em Jäjendeil, de mehschte sin flotter un kreativer wie de jung Lück. Eimol en Nas metkrijje vun neu Saache wör nit schlääch.
Aan enem Mettwochovend jeit se et eeschte Mol op dat Treffe. Et ess en Volksdanzjrupp. E paar vun dä Metjlidder danzen allt drei Johr zosamme. Se hät Jlöck un weed tireck akzepteet. Se bliev.
Am Aanfang hät se richtich Pläseer, secher och deswäje, weil bei de Volksdänz dat Fähle vun enem Mann jar nit opfällt: jeder danz met jedem, et jeit reihöm. Die janze Freud do't anderthalv Stund, un hingerdren weed noch jet verzallt. Ohne et jroß avzospreche, brängk immer einer jet zo drinke met, un dä Ovend hö't met Laachen op.
Noh e paar Woche wäde, wann se jemötlich zosammesetze, vun der Danzquisel Leedertexte verdeilt. Se solle all metsinge. E paar Mol singk ming Fründin noch met, ävver je öfter et se all aan »Dä Brunne vör däm Tor« trick, de jesamte Danzjrupp »Em Frühtau zo Berje« läuf, »Huh Dänne« de Stäne wiese un »De blo Drajoner« iwich noh irjendwo ungerwägs sin, kumme ehr langsam Bedenke, ov se he wirklich richtich ess.
Wann se janz ihrlich ess, hät se sich die Fuffzichjöhrije jet »peppijer« vörjestallt, op jede Fall woll se en enem Jesangverein eesch em Rentealder metmaache.
Wie sich op der Jebootsdaach noch jeder e Leedche vun dä andre wünsche darf (wie domols em Kinderjade zo der »Mungkorjel«-Zick) un dä letzte Danzovend met »Heißa Kathreinerle« zo Engk jeit, säht se met e bessje Wihmot als Metjlid adschüss.
Se kann un well sich eifach met knapp fuffzich noch nit met »Heißa Kathreinerle« avfinge, och nit als Frau, die alleinsteit – dann leever allein met »Un wann et Leech usjingk em Roxy«!

Ens waach wäde wie em Film

Et jeit doch nix üvver ne jenöchlije Ovend vör der Äujelskess.
Nit, als wann ich do off Zick för hätt, ävver mänchmol, wann ich der Daach üvver alles aan de Wand klätsche künnt, nix jeflupp hät un mi Nervekostüm aan nem sigge Köötche hin un her titsch, loren ich en et Projramm un söke mer jet för et Hätz. Uswahl hät mer jo jenoch dank dä Schössele, Kabele un Satellite. Op einem vun dä üvver veezich Projramme läuf immer jet för zo dräume un zo kriesche, dat bruchen ich jetz, et bess jet vum Rosamunde Pilcher. Wann ich dann jet zo knibbele op der Desch stelle, en Fläsch Wing us dem Keller holle un en Packung Papeertäschendöcher parat läje, weiß minge Mann, wat et Ührche jeschlage hät. Hück jitt et kei Projramm för ne jestande Kääl, su wie Weld-Wess-Filme odder Sport, ejal wat för en Zoot, nä, hück jitt et »Hätz en Wallung«. Met deckem Hals setz sich minge Mann met mer op et Kanapee un ess noh e paar Minutte allt am schlofe. Dat ess mer ejal, dann kann ich dat Drama winnichstens ohne sing verdötschte Zweschebemerkunge jeneeße.
Dä Inhalt vun dä Filme ess bal immer jlich, entweder mer trennt sich un kütt noh Irrunge un Wirrunge widder zosamme, odder mer ess allein, fingk si Hätzblättche un muss sich widder trenne, weil de Famillich nit well. Et jitt ävver noch en Steijerung: Se söke sich, finge sich, levve zosamme, un koot bevör der Mann erfäht, dat de Frau en ander Ömständ ess, stirv hä. Dat sin dann ävver och die Filme, bei denne ein Packung vun dä Papeertäschendöcher bei meer nit reck.
En all dä Filme jitt et ein Szen, die ich besondersch jän sinn: morjens, wann die zwei, die sich jän hann, waach wäde, sich en de Auge lore un sich allt widder jot ligge künne. Keiner vun denne zwei süht verschlofe us. Dä elejante Punjel vun der Frau hät kein Krünkele, jenau esu

wie ehr Jeseech. Et »Rouge« ess aan de richtije Plaaze, de Wimpere sin lang un schwatz jefärv, de Leppe leich op, se jlänze zaat. Alles andere ess straff un jlatt, wie fresch jebüjelt. Der Mann, natörlich met enem Brusskaste wie us dem »Body-Bilderboch«, met e paar schwatze Hörcher, wie mer et jän hät, streck si durchträneet Bein us der Fluhkess, reck singe sportlije corpus delicti – un och dat Botzebein vum Schlofaanzoch, wann hä eine aanhät, süht us wie jestärk un jot jemangelt.
De Frisor, och ohne Kämme, sitz! Un dann falle Mann un Frau sich en de Ärme, laache sich aan, un et Schmuse un Knutsche jeit widder loss. Morjens en aller Herrjottsfröh, ohne de Zäng zo putze!
Alsu, ich hann allt en jroße Fantasie, kann vill nohföhle, verstonn un metdräume, ävver bei su en Szene kummen ich nit mih met. Ich lore mer dann minge Mann aan, dä stell am schnorkse ess, un stelle mer vör, wie et bei uns wör.
Mi Naakshemb hät allt noh ner halv Stund Falde, ming Hoore stonn noh sechs, sibbe Stund Schlof op Stippe, un mi Jeseech künnt en Antifaldekräm jot jebruche. Bei mingem Hätzblättche süht dat och nit anders us, un sing Brusshoore, die met der Zick jet jries jewoode sin, loren unger dem knuddelije Bovverdeil vum Schlofaanzoch nit jrad fresch paratjemaat durch et Knopploch. Ußerdäm hät mer doch noh ner janze Naach voll Schlof allt ne jet eije Körperjeroch, ejal ov mer sich ovends jewäsche hät odder nit. Jede jesunde Minsch deit naaks jet schweißte, un wa' mer am Ovend vörher noch jot jejesse hät, Knuflauf un Olive, Sore Kappes met Hämmche, ne Halve Hahn odder bloß en Botterramm met Fleutekies, dann kumme noch e paar ander Döff dozo. Dä Jeroch vun Kölsch odder Wing bliev och nit em Jlas stonn. Trotz jeputzte Zäng rüch mer morjens wie en ahl Weetschaff – jet avjestande – us dem Hals. Met su ener Döffpalett öm mich eröm künnt ich nit schmuse. Die Wunder-Zantkräms us der Werbung, die einem – theoretisch – e Fröhjohrsdöffje us dem Hals

üvver zwölf Stund jaranteere, hann ich allt all usprobeet. Bei meer wor der Döff noh zwölf Stund mih wie Hervs, esu en Aat Erntedank.

Schad, mer darf et eifach nit all jläuve, wat se einem verspreche, et ess jeloge, nit ech – jenau esu wie dat Blot en de Cowboy-Filme, wat us der Tomatesaff-Fläsch kütt. Allt widder ne Draum winnijer, un selvs et Kriesche ess donoh nit mih dat, wat et ens wor.

Der »Handy-Virus«

Ejal wo ich ben, stonn, jonn odder fahre, üvverall fallen se mer en et Aug, die Lück met enem »Handy«.
Setzen ich met ener Fründin beim Kaffedrinke en enem schöne Café, bimmelt unger Jarantie en irjendeiner Handtäsch e Handy.
Maachen ich beim Edeka odder beim Aldi minge Wochenengkenkauf, läuf janz opjeräch en Madamm mem Handy aan de Rejale elans un raaf sich op Zorof vun Zohuus die jewünschte Saache en der Korv.
Stonn ich bei Rut aan ener Verkehrsampel, kann ich mer ussöke, wo ich zoeesch hinlore: noh däm Nevvemann em Auto, dä sich jenöchlich em Setz erömräkelt un met enem luse Laache un bletzende Äugelcher jet en et Handy fispelt, odder noh däm Foßjänger, dä, met ener decke Aktetäsch belade, üvver der Zebrastriefe jöck un ohne Püsje laut am schwade ess.
Janz intressant weed et, wann minge Nevvemann, dä enzwesche widder am fahre ess, och beim deckste Verkehr durch Kölle met de Häng, hoffentlich nit och met de Föß, wigger sprich.
E bessje bewundre ich die Lück, die Auto fahre künne met einer Hand. Mehschtens künnen dat de Häre jot, die dann och noch en der ander Hand de Zirett halde. Alsu

ich kann dat nit, besondersch wann ich schalte un öm de Ecke fahre, bruchen ich beidse Häng.

No ben ich secher kein Moßeinheit för die Lück, die dat Tilefon-Spillzüch benötze, ävver aan däm Dinge muss jet draan sin, dat bal jede Zweite sujet bei sich hät. Mer künnt jläuve, et ess ene Virus; ejal wie lang mer sich dojäje wäh't, eimol erwisch et dich och!
Mich hät hä och erwisch. Ich woll eifach och ens us dem Aldi met ener Fründin tilefoneere, ens aan der Ampel esu dunn, als hätt ich e janz wichtich Jespräch met minger Bank, un och beim Flaneere üvver Huhstroß un Schelderjass hann ich mi Handy op Empfang jestallt. Hoffentlich röf mich jetz einer aan, dann künnt ich och ens wie ne »Teenager« jiefele un esu dunn, als hätt ich ne neue Kavalöres.
Endlich en der Klub vun dä »Handy-Girls un Boys« opjenomme, föhlt mer sich »in«.

Wat meer jet Moleste mäht, ess dat Tilefoneere beim Fahre. Ich weiß, dat mer dat nit darf. Ich künnt dat och jar nit, denn eeschtens mööt ich minge Brell söke un opsetze, dä bruchen ich söns nit för et Autofahre, dann et Handy aktiveere, de Pin-Nummer enjevve (hoffentlich verwäßele ich die nit met minger Jeheimzahl vun der Bank), wade, bes dat dat Piep-Piep-Tönche mer säht, dat ich jenoch Saff op der Kess hann, eesch dann kann ich jo ming jewünschte Tilefonnummer entippe. Un all dat beim Fahre, bei »stop and go«, beim Enparke, beim Üvverholle, beim Avbeje.
Fröher, als jung Mädche, hann ich mer kein Jedanke drüvver jemaat, wo de zweite Hand vun mingem domolije Kavalöres wor, wann nit am Lenker. Hück fingen ich su e Spillche zo riskant.
Ich hann et och versook, mer dat Handy wie zo minger beste Sekretärinnezick unger et Kenn zo klemme, ävver nohm eeschte jesproche Satz hatt ich met mingem Dub-

belkenn su vill vun dä klein Knöppcher avjedröck, dat nit bloß minge Jesprächspartner fott wor, ich hatt och noch e paar mer bes dohin unbekannte Befelle aktiveet. Helfe künnt ich mer natörlich met ener Freisprechaanlag. Die ess dann en enem Ständer enstalleet, un mer bruch bloß ei Knöppche zo dröcke. Ävver jeder, dä met mer em Auto sitz, kann dann och minge Verzäll met aanhöre. Jefalle deit mer dat nit.
Jot, wann ich allein jet höre well, mööt ich dann et Ohr aan de Aanlag halde. Die ess allerdings rääch vum Lenkrad, e Stöckelche deefer aanjebraht, su unjefähr kneehuh. Dat wör beim Fahre och levvensjefährlich.
Mer kann dat Handy natörlich widder en de Hand nemme, dann sin mer beim Aanfangsproblem.
Ejal wie ich et drihe, för mich ess dat Dinge mih jet, för am Stroßerand e Püsje zo maache, ohne dat et einer süht, ävver en de Kaufhüser en un rund öm Kölle hann ich et en der Hand, domet jeder erkenne kann: dat ess en modän Frau, die jeit met der Zick, die hät och der »Handy-Virus«.

Modän Romantik

Noh Fastelovend jeit et widder loss met de Aanzeije en de Zeidunge: *Ben verzwiefelt! – Der Xaver us Bayern sök et Wiebke us Kölle – jröne Anorak un wieße Schohn.* (Dä künnt Jlöck hann, ich meine, wieße Schohn un ne jröne Anorak hann vill Lück, ävver dä urkölsche Name »Wiebke« künnt et im jet leichter maache.) Wigger: *Skeletthemb sök Fesch!* En unjewöhnlije Zosammestellung. *En Nix sök ene Koch (1,82 groß)!* Ess och jet komisch, un wiesu weiß die Nix allt op der Zentimeter, wie jroß dä Koch ess? De nöhkste: *Hürth: Ich, Frauminsch met Brell, Mantel, dät jän dat unverschämp nette Laache widder op dingem Jeseech sinn.* Alsu die Aanzeich hät et en sich.

Wa'mer bedenk, wievill Lück ene Brell un ene Mantel hann, un wievill Minsche met enem nette Laache et jitt, maachen ich däm Mädche kein Hoffnung. Odder hatt dat am Engk ußer Brell un Mantel nix aan? Dat dät die Saach ändere! Et jeit wigger: *E söß Hümmche freut sich op dat Widdersinn met der decke Koh vun nevvenaan!* – Jlöck jehatt, dat Hümmche weiß winnichstens allt, wo et die Koh söke kann. Wat lesen ich do: *Mi Mitzekätzje ess Rusemondaach verschött jejange. Mer, dem Kater Marc, blot et kölsche Hätz! Dunn dich doch ens melde!* Dä Kater hädden sich besser jet mih öm dat Kätzje jekömmert, Kätzjer dunn jän ens en der Nohberschaff sträufe. Der nöhkste Rof öm Hölp: *zimpathische Frau, dunkle Hoor, blo Ringelhemb, Jeans, vun Mann en Rut met Hot jesook!* Die pass op en janze Häd. Un dann kütt en besondre Aanzeich: *Wanted! US-Cop, red hair, red shirt.* (Ess natörlich bloß jet för Lück, die perfeck Englisch spreche...) Met der Pulizei mööch mer jo nit esu eng zo dunn hann.

Wann ich mer die Aanzeije esu belore (et ess jo bloß en klein Uswahl), maachen ich mer doch ärch vill Jedanke, ov sich am Engk ens ei Päärche widderfingk.
Secher, mer jitt nit luuter tireck de Tilefonnummer, wa' mer ne Kavalöres nett fingk.
Ohne Jrund heiß et jo nit: Am Äschermettwoch ess alles vörbei.
Ich kenne dat och. Mer jeit Wieverfastelovend op ene Ball, villeich en der Jözenich, un üvverall triff mer op eimol Jungjeselle, wie wann do irjends e Ness wör. Jrad om »Fess en Blau«, wat ich zick Johre jän besöke, sin komischerwies e paar dausend vun der Zoot ungerwägs.
Wo halde die sich eijentlich et janze Johr üvver verstoche? Wa'mer se bruch, för Fründinne aan der Mann zo bränge, sin se nit zo finge! Un usjerechent Fastelovend hann se jrad op dich odder mich jewadt, je noh däm, wie der Kölschpejel steit, mänchmol allt et janze Levve.

Mer weiß, dat dat all mehschtens jeloge ess, ävver et deit einem aan däm Ovend ens jot. Morje süht mer wigger.

Mänchmol beim Lese vun dä Aanzeije erwischen ich mich dobei, ens jenauer hinzelore. Villeich sök mich jo och einer!
Wat künnt do passe? Alsu Mitzekätzje, Nix, Fesch odder Hümmche, dat wor ich nit. En Koh hatt ich och nit als Kavalöres, ävver die he künnt jet sin: zimpathische Frau, dunkle Hoor, blo Ringelhemb, Jeans. – Nojo, ich hatt e rut Ringelhemb aan, ävver villeich wor dä Kääl met de Färve nit mih jot drop. Dunkle Hoor künnt ihrlich stemme, ävver die janz öntlich met jriese mengeleet. Schad, ich ben secher doch nit jemeint.
Wat mer beim Zohöre öm mich eröm allerdings opfällt, ess, dat die Käls et hückzodachs nit mih ei klei bessje met der Romantik hann. Se hann uns Fraulück – bal wie ne Kompjuter – richtich huh techniseet enjeschätz. Et weed kein Tilefonnummer mih op ene Bierdeckel jeschrevve un dobei jesaht: Et bess röfs do mich öm de Meddachszick aan, dann ben ich allein! Nä, mer kritt de E-mail-Adress. Ich wöss jar nit, wat mer domet dunn un maache muss, ußerdäm hät jo nit jeder nen E-mail-Brefkaste.
Kennt eijentlich noch irjendeiner vun denne Käls üvverhaup dat Woot: romantisch? Ich jläuven et nit.
Alsu, meer wör en verknüselte Visittekaat met ener janz normal Tilefonnummer immer noch leever wie en huhkarätije E-mail-Nummer us dem Internet.

Ävver wa'mer noch e paar Johr metspille well, weed mer sich wal op »Hai-Teck« ömstelle müsse...

Wie fingk mer en Putzfrau?

Usjerechent en der Johrszick, wo et bei mer derheim all durjenein jeit, hät mich ming Putzfrau em Stech jeloße. Se ess eifach vun hück op morje nit mih jekumme.
E paar Woche hann ich friedachs noch jewadt un jehoff, ävver wann der Zeijer vun der Köchenuhr langsam op zehn Uhr rötsche dät, woss ich: se kütt nit mih. Alsu muss ich mi Museium de nöhkste Zick selver sauber halde, nevvenbei de Veranstaltunge plane un zosammestelle, för de Weihnachtsdekorazion un de Jeschenke sorje, immer jot jesennt sin un ziggich jekoch hann. Et klapp och, ävver jän hätt ich en neu Hölp. Et leevs ein, die ich kenne un die ich en unsem Huus och allt ens allein erömfrößele loße kann, ohne dat ich mer Sorje maache muss. Doch su flöck fingk mer kein, der mer vertraue kann.
Vun Bekannte krijjen ich dä Rot, mer doch ens die Zeidung zo kaufe, die janz voll ess met Annongkse. Se kütt zweimol en der Woch erus, koss bloß zwei Mark achzich, un dodren ka'mer all dat finge, wat et Hätz verlangk, aanjefange bei der Huushaltshölp, üvver Ädäppel för enzokellere bes hin zo nem riche Hierots- un Partneraanjebott. Dis Woch hann ich mer dann endlich ens die Zeidung jekauf.
Die Annongkse för der Huushalt sin ärch dönn jesiet, un wann se intressant sin, wonne die Fraulück leider zo wick fott. Beim Bläddere fällt mer op eimol en Aanzeich en et Aug: *Junger Mann bietet für Damen, Paare und Herren Nacktputzen und Begleitservice an. Diskret, sauber, einfach gut.*
Dat wirf mich jet us der Bahn. Zick üvver aachunzwanzich Johr hann ich nen eije Huushalt, dozo jehö't schleeßlich och et Putze, ävver dat hann ich en all dä Johre noch nie puddelrüh jemaat. Op dä Enfall ben ich nit jekumme. Maachen ich dat villeich allt esu lang verkeht? Wann ich et mer richtich üvverläje, wör dat em Huhsummer jar nit schlääch; wa'mer de Rutte vun drusse putz, künnt mer

dobei om Rögge un op der Fott allt jet brung wäde. Natörlich darf et de Nohberschaff nit störe. Doch hückzodachs süht mer jo nackelije Lück en jedem Film, dä en der Äujelskess läuf, neu ess dat för die nit. Em Winter künnt et wal jet kalt sin, dann mööt mer sich winnichstens e Paar wärm Söck aandunn, domet die Kält nit esu vun unger huh krüff, trotzdäm künnt mer sich flöck der Peps holle odder de Blos verkälde. Richtich jefalle deit et mer nit, dat Nackichputze. Un wiesu eijentlich »junger Mann«? Ming Huushaltshölp wor en jung Frau, un die hädden ich och jän widder. Hann die Käls sich allt su »emanzipeet«, dat se jetz och all die Fraulücksarbeit maache welle?
Wat mer janz komisch opstüss, ess dat met däm »Begleitservice«. Well dä Kääl nohm Putze nackelich met meer nohm Edeka odder nohm Frisör jonn? Dat künnt ich mer en unsem Dörp bloß eimol erlaube. Alsu »Begleitservice« hatt ich es bei minger Hölp bes jetz keine, die dät bloß putze. Em Jäjendeil, se dät op ene »Begleitservice« vun meer rechene: ich sollt Fröhstöck maache, för e klei Häppche för zweschendurch sorje un met ehr jet de Schnüss schwade.
Begleitservice, un dä och noch diskret un sauber? Wat bildt dä jecke Kääl sich en! Wann dä bei mer putze mööt, dann dät ich verlange, dat hingerdren alles sauber wör. Jrad wa'mer nackelich putz, jitt et kein Fusele mih. Un üvver mich schlääch spreche odder mi Putzmeddel verrode, dat soll dä sich ens riskeere.
Vun meer us soll dä sich doch ander Lück söke, bei denne hä nackelich op dem Perser un op dem Iesbärefell erömrötsche darf, öm denne »diskret, sauber, einfach gut« der Dreck, ejal wat för eine, fottzomaache. Do putzen ich doch leever wigger selvs, je noh Johrszick en Rheumawäsch us Angora odder en reinem Mako, dä de Luff durchliet.

Et läuf jet verkeht

Et läuf jet verkeht, ich weiß bloß nit wat,
jeder well drihe am janz jroße Rad.
Mer well immer mih, ejal wat et ess,
landt vör luuter Raafe zo fröh en der Kess.

Et läuf jet verkeht, ich weiß bloß nit wat,
nit mih wie fröher ess uns Heimatstadt.
Parole aan Huuswäng, voll Wot un voll Hass.
Wat sin dat för Lück, denne he nix mih pass?

Et läuf jet verkeht, ich weiß bloß nit wat,
kein Freud aan der Arbeit, mer ess et all satt.
Un och de Famillich nit immer ne Halt,
doför lihre uns Pänz vill zo fröh de Jewalt.

Et läuf jet verkeht, ich weiß bloß nit wat,
sing Sorje hät jeder doch allt ens jehatt.
Ärjer un Wot jov et fröher en Mass,
doch am Levve, do hatte mer trotz allem Spass.

Et läuf jet verkeht, ich weiß bloß nit mih,
wie mer dat en der Jreff kritt, üvverläht doch ens wie.
Dat de Pänz op uns stolz sin, uns Stadt ohne Jewalt,
dat de Arbeit uns Freud mäht, de Famillich jitt Halt,
dat mer endlich zofredde met däm, wat mer mäht.
Bloß ens nohdenke dodrüvver, wör dat et nit wäät?

Och jöv et dat noch – dat ahle Krömche aan der Eck

Immer wann Fessdäch kumme, kütt mer mem Enkaufe en et Tirvele.
Domet ich die janze Leckereie, Fleisch, Fesch un Jemös villeich jet bellijer krijje, hann ich mer vun minger Schwester der Enkaufsuswies vun enem Jroßhandel jelihnt. Un domet mer keiner aan de Kar pinkele kann, loßen ich mer dozo och tireck en richtije Vollmaach vun minger Schwester usstelle. Esu usstaffeet maachen ich mich op der Wääch.
Natörlich hät dat Enkaufe en su nem jroße Lade och ene Nohdeil: mer käuf immer vill mih, wie mer eijentlich bruch.
Ejal, noh ener halv Stund hann ich minge Rundjang jemaat un ben zofredde. Dat ein odder ander Deil wor zwor nit nüdich, ävver mer kann jo nie wesse, wä noch unverhoots op Besök kütt.
Ich stelle mich met mingem Enkaufswage aan de Kass un wade jedöldich, bes dat ich aan der Reih ben.
Die Kasseererin ess mem Tippe esu flöck, dat ich kaum mem Nohläje methalde kann. Alles weed widder op der Wage jestivvelt, ich krijje de Rechnung un muss aan der Kass met der Nummer eins bezahle.
Zwesche Kass un Usjang steit ne junge Mann. Dat ess esu ne »Nohkuntrollöres«, dä bei de Kunde flöck ne Bleck üvver de Rechnung un de War wirf, un dann darf mer jonn.
Koot bevör ich en si Bleckfeld kumme, muss hä en e Brütche jebesse hann, denn wie hä mich draannimmp, sin sing Backe noch immer prall jeföllt, un et Spreche fällt im schwer. Met Laache sagen ich: »Eesch ens ne joden Appetit.«
Dat hann ich ävver nit jekannt. Sing Auge bletze mich wödich un richtig kott aan, hä schleck die janze Mulvoll Brütche en einem Rötsch erav un sät voll Wot: »Sie wollen mich wohl ablenken? Jetzt bleiben Sie mal hier ste-

hen!«, driht sich eröm, schnapp sich ne leddije Wage, kuntrolleet jedes Deil op mingem Zeddel un die enjekaufte Saache. Mer schleit der Plaggen en...
Nit, dat ich jet jäje dat Kuntrolleere hann. Ich weiß, dat dat die Arbeit vun su en Lück ess, ens av un aan de Rechnung met der War zo verjliche. Wat mich vill mih triff un ärch bedröv mäht, ess, dat mer hückzodachs noch nit ens mih einem joden Appetit wünsche darf, ohne dat dä op »Hingerjedanke« kütt.
Ov die jung Lück en der Usbildung lihre: Wä fründlich ess, dä hät och Dreck am Stecke?
Mer künnt denke, dat de Minsche hück Fründlichkeit üvverhaup nit mih jewennt sin un meine, hinger jedem nette Woot söß en Nidderdrächtichkeit.
Et deit meer nit leid, ich hann dat vun minger Mamm un mingem Papp vörjelääv kräje, met Fründlichkeit nit kniestich zo sin un se aan Minsche wiggerzojevve. Un dat loßen ich meer nit nemme.
Ärm modän, kahl Zick! Jeföhle, ov Freud, Troor odder eifach bloß Hätzlichkeit nem andre Minsch jäjenüvver, jonn met Trööte un Trumme unger.

Ich hann jet bellijer enjekauf, ävver ich hann mich lang nit mih su wie hück noh däm ahle Krömche aan der Eck jesehnt.

Künnt ehr mer dat nohföhle?

Woröm kein Bierdeckele?

Alles weed dörer. De Jeschäffs- un Weetslück kühme, weil de Ömsätz zoröckjonn, un och meer, die Arbeitslück, krijjen dat öntlich zo spöre.
Uns Weetschaff mäht uns jroße Sorje. Meddlerwiel jitt et och bei uns allt janz vill Bürjer, die de Mark vörm Usjevve mih wie zweimol erömdrihe müsse.
Unse Dreilückshuushalt hät zwor noch keine Jrund för zo jömere, ävver ich denke doch jetz jeläjentlich draan, dat eine odder andre nit zo kaufe odder do, wo et jet bellijer ess.
Doch hück ess et ejal, mer jünne uns ens widder e lecker Kölsch en der Weetschaff. Jrund jenoch hammer, unse Jung hät der Motorrad-Föhrersching för en 125-er Maschin jemaat un sich domet ne kleine Draum erföllt. Ich kann jot verstonn, dat hä jlöcklich un zofredde ess.
Dat Mutterhätz hät natörlich vill Bedenke, Sorje, ov hä och vörsichtich jenoch fäht, sich vun andre nit metrieße liet, aan der Vespa, för die hä noch spart, selvs jet erömzoknuve. Ußerdäm ess dat allt widder ne Schrett mih en et Erwaaßewäde.

Fott met dä dröv Jedanke, hück weed jefeet! Em Bierjade bei uns de Eck eröm ess öm die Zick noch nit vill loss, un mer künne uns ne Desch ussöke. De Weetsfrau hät en der Köch noch nit vill zo dunn un kömmert sich öm de Jademöbele. Am Ovend vörher hät wal ne Jass die Desch un Stöhl jet durjenein jemaat, un su deit se eine Desch jet verröcke, för de richtije Optik widder hinzokrijje. Bei däm Verröcke kütt unger einem vun dä veer Deschbein ne Zeddel zom Vörsching. Secher widder Avfall, denk die Weetsfrau, ich och. Se nimmp dä Zeddel huh un hö't medden en der Bewäjung op. Dä vermeintlije Zeddel, doför jedaach, dat dat kööter Deschbein widder die jliche Hüh wie die ander drei kritt, ess ne janz öntlich zosammejepaaschte Zwanzichmarksching.

Verbasert lort se mich aan.
»Unger mingem Desch brucht Ehr nit zo söke, dat maachen ich selvs«, sagen ich, ohne lang zo üvverläje. Ävver ich kann et och nit jläuve. Do lijjen op jedem Desch üvver zwanzich Bierdeckele, un su e Dusseldeer vun Jass hät keine bessere Enfall, wie ne Zwanzichmarksching unger dat Bein zo stippe.
Hann ich nit jrad üvver die bedresse Weetschaffslag un dat winnije Jeld nohjedaach? Ich hann mich secher verdonn. Et jitt noch su vill Jeld, dat mer et offere kann, domet der Desch nit mih waggelt.
En der nöhkste Zick kann mer mich widder ens jet öfter en de Bierjäde finge, un nit bloß för e Kölsch zo drinke, nä, och för e bessje aan de Desche erömzoröcke. Villeich ess jo sujar en Steijerung op fuffzich Mark dren. Ävver eijentlich hoffe ich dat nit, em Jäjendeil, ich hoffe för all die, die met der Mark rechene müsse, dat dat wirklich en Schnapsidee wor, vun einem, dä zo deef en et Kölschjlas jelort hatt.

Vun jester un hück

Kölle, dat röf, un su stonn ich parat.
Wie lang hann ich allt dodrop jewadt!
Mööch widder met Rauh, ohne Brass un Jedöns
durch de Jässjer sträufe, nohm Rhing, en et Jröns.
Zoeesch jonn ich nohm Dom, dä Jenoss, dä muss sin!
Mich jröße sing Töön, he jehören ich hin.
Minge Bleck verfängk sich en Jivvele, Spetze,
ich künnt op der Domplaat bes morje wal setze.
Portale, Fijore, wie off allt beschrevve,
un och dat Jeröss, wat zick Johre jeblevve,
för draanzokumme aan ahl Stein, die kapott,

durch Wedder un Duve, die fleje nie fott!
Die Schönheit vum Dom, trotz »Johrhundert-Blessore«,
bliev jedem präsent, hingerliet starke Spore.
Mer meint sujar mänchmol, hä hät e Jeseech,
wann hä jro un jold strohlt em Sonneleech.

Un dann, e Stöck wigger, ruusch öm mich eröm
Verkehr en der Jroßstadt, ich jöv jetz jet dröm,
zwesche Hüser un Jasse zo dräume met Rauh.
Dat dät mer hück jot, un dat weiß ich jenau.
Der Rhing fingk metunger sujar singe Wääch
bes deef en de Altstadt – do weed et uns schlääch!
Uns Jivvelhüser, vun Frembcher bewundert,
mänchmol kammer lese »erbaut fuffzehnhundert«,
op die sin mer stolz, un litt noch esu wick
der Handel, der Fließ un de »jot kölsche Zick«!

Un wigger durch Kölle, e Denkmol bejröße,
mer stonn bei de Heizemännchen, denne zo Föße
vun der Schniedersch de Ääze de Trapp erav rolle,
domet dann die Männcher der Hals breche solle.
Stadtmore un Pooze, die zeuje vun Kraff.
Wat Minsche vun domols nit all hann jeschaff!
Nimmp mer sich jet Zick, dunn die More verzälle
vun jester un hück he em hellije Kölle.

Et trick lans Schmitz-Backes mich wigger erus,
ess die Jäjend och anders, ich kenne mich us.
Kom domols ne Hanak am Backes elans,
kräht hä sing Schrüpp, un et Volk sohch dä Danz.
Et jov kaum en Zick ohne Kreech un Jewalt.
Dat hann se uns en der Schull allt verzallt!
Ich laufe vörbei aan römische More,
kann Pooze un Töön us der Nöh belore.
Och die Plaaz, wo jetz nor Fredde zohuus,
die sohch vör Johrhunderte janz anders us.
Jonn hück ich üvver Malote spazeere,

deit mich de Verjangenheit intressere.
De Jravstein verzälle och ohne vill Wööt,
wat lang ess verledde. Sid stell, dat ehr't hö't!

Wann nit bloß Pöppcher danze...

Eimol mem Klüngel öm drei Ecke
versöke, ov et dis Johr klapp,
zwei Kaate för de Poppesitzung
zo krijje, luuter sin se knapp.
Em »Hännesje« ens widder setze.
Jeck sin zwesche Ahle, Junge.
Wie Puute noch ens selver dräume.
Zwei Kaate hammer hück »jefunge«!

Jot usjeröss met lecker Saache,
met Knollenas un deckem Schlopp,
setze mer do met jroße Auge,
der Papphot hängk jet scheif om Kopp.
Mer föhlt sich wie en Jroßfamillich,
kütt jot mem Nevvemann parat.
Ejal ov Kölsch, Schabau ov Flönz,
hück weed jedeilt janz akkerat.

Et Leech jeit us, jlich muss et lossjonn,
der Plaggen op, klatscht en de Häng!
Wie us nem Boch met schön ahl Bilder
hann se bemolt de Bühn, de Wäng.
Un all die Pöppcher danze, höppe,
singe met Stemme hell un söß,
verzaubere för e paar Stündcher
uns jroße Lück en janz klein Quös.

Metsinge deit mer all die Leeder,
die kölsche Tön, die kennt mer doch.

Rääch dat Frembche lo't verbasert:
Em nöhkste Johr kann dat et och!
Mer laach, mer juhz, deit danze, höppe,
springk op, wie et su Puutenaat,
su kammer doch dä Pöppcher zeije,
wie schön et ess om Iesermaat.

Versök, mem Hännesje zo schwade,
mem Bärbelche, dat nennt mer Jlöck.
Här Präsident, do kütt die Woosch!
Speimanes, Kälche, bess do flöck!
Fruhsenn, Bejeisterung un Laache,
dat soll der Herrjott uns erhalde,
weil och et Hännesje se jän hät,
die »Puute« met jries Hoor un Falde.

Vun de Beie

Et Schängche us der Nohberschaff ess en de Verwahrschull jekumme.
Eijentlich hatt sing Mamm jedaach, dat wör jenau dat Richtije för dä kleine Poosch. Hä hät kei Bröderche un kei Schwesterche, un derheim allein zo spille maht im kein Freud mih. Et wor im eifach zo langwielig. Doch vum eeschte Daach aan mäht dä kleine Kääl Thiater, bröllt wie am Spieß, wann de Mamm in en der Verwahrschull avjitt, un kriesch sich de Auge noh ehr us. Ovschüns sich die jung Frau, die sing Jrupp betreut, met im janz vill Möh jitt, ess hä he nit jlöcklich. De Mamm zerbrich sich allt ens der Kopp, ov dat su richtich ess, in trotz Trone un Jebröll morjens allein dozoloße.
Üvver bal zwei Woche ess dat Spillche jetz allt em Jang. Jede Morje muss de Mamm op de Zäng bieße, dat se nit

weich weed un dä kleine Kääl widder met heim nimmp. Se steit allt morjens met enem decke Hals op.

Ävver hück morje ess et anders. Dä Klein mäht kei Thiater beim Aantrecke un zaut sich esujar, flöck en der Kinderjade zo kumme. De Mamm ess jlöcklich, endlich, hä hät dic Ömstellung doch jepack. Des Meddachs beim Avholle kütt ehre Stropp jot jesennt us der Dör aanjerannt. Am Hängche trick hä e klei Weech hinger sich her.
»Mamm, dat ess ming Fründin, et Evje!« Vun där Sick kom alsu der »Opwind«! De Mamm erkennt ehre Jung nit mih, us däm Poosch met wödije Füüs un luuter met Trone en de Auge ess ne richtije kleine Kavalöres jewoode. Haupsaach, et jefällt im.

Ovends, koot bevör hä en de Lappekess jeit, paasch hä sich noch ens janz fass aan un säht: »Mütterche, ich muss dich ens jet froge. Wie ess dat eijentlich met däm Kinderkrijje? Jetz, wo ich dat Evje hann, künnte mer doch och esu zesamme levve wie do un der Papp. Sag mer ens, wat muss mer dunn, dat mer e klei Weckelditzje kritt? Ess dat vill Arbeit?« De Mamm verjiss et Schlecke. Dann kütt se aan et Simeleere. Do hammer't widder. Immer wann et öm tilekate Froge jeit, kütt dä Klein bei si Mutter. Eijentlich künnt doch der Papp ens enspringe; esu vun Mann zo Mann die Saach aanzopacke wör en däm Fall secher besser. Se höllt sich bei im Rot.
Doch he bruch se kein Hölp zo erwade. Sing Antwoot ess koot un knapp: »Doför hammer doch dich em Huus, do mähs dat besser wie ich.«
De Mamm föhlt sich jet allein jeloße, mööch ävver ehrem Jung kein Antwoot schöldig blieve.
Wie fängk se et bloß et bess aan? Wie fröher verzälle vun de Beie un vun de Blömcher, su ene jecke Verzäll well se im eesch jar nit aandunn. Die Pänz vun hück wäde vill freier jetrocke un krijjen allt mih met, wie mer denk.

De Mamm mööch natörlich bei der Wohrheit blieve, ävver se well janz vörsichtich aanfange.
»Hör ens, Schängche, dat ess esu, Mütter hann em Buch e paar winzije Eier, un wann die 'rief' sin un der Vatter richtich aan die draankütt, weed dodrus späder ne kleine Weckelditz. Dat flupp zwor nit immer, un mer muss draan arbeide. Ävver Mamm un Papp dunn dat jän....«
Üvverrasch schingk dä Quos nit, hä ess jo och ne modäne Köttel un hatt sich sujet wal allt bal jedaach, ävver de Mamm süht dem Klein aan, dat in irjendjet ärch bewäch. Zoeesch well hä nit esu rääch met der Sproch erus un drucks jet eröm, ävver op eimol platz et us im erus: »Mamm, dat hann ich nit jewoss! Sag, künne Fraue Eier läje?«

Dat weed hä nie künne, odder?

Die zwei Puute, die bei uns e paar Stroße wigger wonne, e Pööschje un e Weech, sin Zweierlingcher.
Et ess jo klor, dat mer die Zwei jot usenein halde kann, ävver se jliche sich suwiesu nit. Dat Kälche ess för si Alder vun fünf Johr allt jroß un stark, dat Nützje ess et reinste Pöppche. Klein, wiselich, met bletze blo Äugelcher un Flaaßhörcher süht et us wie e Engelche. Ävver et ess ere kei.
Met singem Scharm weckelt et de janze Famillich öm der Finger. Bloß singe Broder hät domet nix am Hot. Bei däm trick et mehschtens der Köötere.
Un dat brängk et jedes Mol en Raasch. Wat kann dä nit all besser! Hä ess vill stärker, vill jrößer, kann met de Legoklötz baue wie ne Mörer, hät Mot, för mem Rädche durch et Dörp zo jöcke, kriesch nit bei jeder Bül, klopp sich met de Puute un jewennt immer, un ess esu flöck

mem Müffele, dat it beim Pudding bloß noch de Kump uskratze kann.
Nä, nä, Mädcher hann et verhaftich vill schwerer.
Am Fröhstöcksdesch jeit wie jede Morje der Disköösch widder loss; ejal wat dat Klein säht un mäht, der Broder setz immer noch eine drop.
Op eimol höllt it deef Luff, lort singe Broder met jroße Auge aan un säht: »Ävver et jitt jet, wat do nit kanns. Do kanns kein Kinder krijje, dat künne bloß Mädcher, Junge nit. Mer Mädcher krijje dann ne decke Buch, un dodren wähß dat Kindche. De Mamm hät mer dat jesaht. Endlich ens jet, wat ich allein kann!«
Do fällt dem Bröderche nix mih en. Dodrüvver hatt hä sich noch kein Jedanke jemaat. Aan däm Morje föhlt sich dat klei Weech richtich jot. No hät it dem Broder ens jezeich, wo et em Levve lans jeit. Jot jesennt jeit et des Nommedachs met der Famillich singen Ohm besöke. Der Ohm Hein ess singe leevsten Ohm. Hä hät immer Zick för it, deit met im knuve, liet der Pattevugel för it steije, un av un aan nimmp hä et met op der Kirmesplatz.

Hück ess et e bessje nohdenklich. Wie et in bejröß, springk et nit wie söns en sing Ärme. Et jeit vörsichtich nöher, jitt im et »schön« Hängche, un sing Auge belore de janze Zick die Plaaz, wo mer süht, dat der Ohm Brütcher maach un sich jän ens e paar Kölsch jünnt.
Hatt de Mamm nit jesaht, dat bloß Fraulück ne decke Buch krijje künne, domet e Kindche sich dodren wohlföhlt?

Irjendjet ess hück andersch. Et kütt nit esu rääch en Stemmung, ejal wat för en Möh sich der Ohm och jitt, et bliev wigger en Jedanke versunke.
Beim Adschüss-Sage strief et met singem Hängche janz höösch üvver dem Ohm singe Mannslücksbuch.
Ov de Mamm sich verdonn hät un de Käls doch Pänz krijje künne?

Nä, de Mamm weed wal rääch hann, ävver e klei Köönche Unjewessheit bliev. Ens avwade, wie der Ohm Hein noh nüng Mond ussüht!

Do nötz och kei Trecke

Se treffe sich morjens em Frauekaffe. Jünger un älder Fraulück, die de jliche Intresse un de jliche Dräum hann. Se dunn jet schwade, jet laache un jet diskuteere. Se drinken en jot Tass Kaffe derbei un sin janz unger sich. Die klein Puute kann mer metbränge: et jitt jenoch för zo spille, un irjendein vun dä Fraulück deit immer op se oppasse.
Et sin e paar jenöchlije Stündcher, mer ess nit allein, un de Welt ess widder en Odenung. Irjendswann säht su e klei Kälche zo singer Mamm: »Ich muss ens Pipi.«
Met jot zwei Johr kann mer noch nit esu vill allein. En erfahre Frau, Mamm vun drei usjewaaße Käls, nimmp dä Klein aan de Hand:
»Komm, kleine Stropp, do kanns räuhich met mer jonn, ich kenne dat Spill, loß ding Mamm ens setze!«
Brav jrief dat Pööschje die usjestreckte Hand un jeit met. Vörm Klobecke weed de Botz eravjetrocke, un die neu Tant sök dat klei Schnibbelche. Jetz hät se et jefunge un versök et üvver dat Becke zo halde. Ävver klein Junge hann noch koote Bein un klein Schnibbelcher. Nix jeit mih. Die Mamm vun drei staatse Käls well sich besenne: Wie hann ich dat bloß fröher met de ming jemaat? Die moote doch och ens Pipi. Kann mer esu jet üvverhaup verlihre?
Se fängk aan, e bessje aan däm Schnibbelche zo trecke. Länger weed et ävver dodurch och nit. Op eimol hö't se dat leis Stemmche: »Tant, dropsetze!«
Jetz muss se selver üvver ehr Dommheit laache. Jo, dropsetze, dat wor et, wat se fröher ehre klein Puute beijebraht

hät. Un wann de Käls älder wäde un de Bein länger, wör dat »Dropsetze« hückzodachs för de Kachele nevven däm Klobecke och nit schlääch.

Vun hück un morje

Ich hann üch versproche, wann durch Köllen ich jonn,
dann blieven ich dismol jet länger do stonn,
wo ahl un neu Baute uns längs nit mih störe –
se zeijen uns, dat se zosamme jehöre.
Uns kölsche Arena, dä staatse Koloss
met neu Dimensiune, die hät vill jekoss!
Bespannt janz met Trosse, wie e Netz vun ner Spenn,
ess dä Bogen us Stein, optisch wal ne Jewenn.
Ne kölsche Spetzname woodt flöck jefunge:
»Der Henkemann« pass, ess ihrlich jelunge.
Die ahl Sporthall, jetz fott, schung uns wie e Kruffes.
He, en der Arena, do läuf jede Schluffes
un sök singe Jang, och sing Plaaz un et Klo –
jrad stundt et om Schild, doch mer weiß nit mih, wo!
Dä Bau, riesejroß, mäht de Möhne jet Angs,
ävver ess mer ens dren, kritt jeder sing Schangs.
Uns Hätz, dat soll nie nor aan ahl More klevve,
och wat hück modän ess, hät Rääch op et Levve.

No driev et mich wigger, e Stöck lans der Rhing.
Am Zollhafe steit et – un do well ich hin:
E Museium för Stollwercks-Schukelad,
wo drenn mer all dat, wat söß ess, verwah't.
Der Imhoff hät he wal e Scheff nohjebaut
un et fing un leich en de Welle jedaut.
Do süht mer et Heck, janz us Jlas leuch de Spetz,
pass jenau en der Rhing – dat ess keine Wetz!

Koot hinger dem Bahnhoff, janz noh beienein,
kann mer jet belore, wat och nit jrad »klein«.
Blo schimmert et Daach, un dat pass bei der Strom.
Nit kölsch ess der Name, der »Musical-Dom«.
Jet stief süht hä us, hät ne Hüvvel om Daach,
ävver dä deit nit störe, Haupsaach: he weed jelaach.
He weed jedanz, jezaubert, jesunge,
et hann Dausende allt ehre Spass draan jefunge.
Et »Gaudi-Thiater«, dat kunnt mer verjesse.
Doch weed et Projramm secher nit draan jemesse,
jet Neues weed kumme, Kölle hät jo vill Jäss,
ess weltbekannt, un dröm feet mer mänch Fess!
Bloß dä Name, dä stö't mich, ehr wädt dat verstonn,
un wann ich nohm Dom bal widder ens jonn,
muss ich in ens froge, wie hä süht dat Spill,
hä wor he zoeesch, do kann kumme, wat well.

Ich dunn mich jet schwer met der Planung vun hück,
doch arbeit för mich dodraan wal de Zick.
Un laufen ich en e paar Johr noch durch Kölle,
mööch ich üch secher widder verzälle,
vun dä »Baute«, die för mich dann allt alt,
jenausu wie ich, de Zick mäht nie halt.

Summer en Kölle

Summer en Kölle, et Wedder ess schlääch.
Et ränt en de Sod, et ränt op der Wääch.
Et ränt durch et Daach un jäje der Jivvel.
Et ränt en de Schohn, et ränt en de Stivvel.
Et ränt en et Ies un et ränt en de Kümp.
Et ränt en der Krage, et ränt en de Strümp.
Et ränt en et Kölsch, et ränt en der Jrill,
dobei ess et wärm, bloß et ränt vill zo vill.

Summer en Kölle, no treck kei Jeseech.
Dat bessje Wasser fällt nit en't Jeweech!
No belor der der Dom, do häss en doch jän.
Süht dä nit schön us, trotz all däm Rän?
Drink der di Kölsch, dat jebraut ess wie söns,
et schmeck och bei Rän, jenau wie de Flönz.
Jangk spazeere mem Pareplü durch all die Stroße,
hück sin nit vill Fremde he, die verloße
uns Stadt, jetz ha'mer se widder för uns,
met all ehrem Levve un all ehrer Kuns.
Eimol de Föß naaß, dat kanns do verdaue,
jetz sühs do och, wo se allt widder ens baue!
Och dat Panorama met Hüsjer un Jivvel
ess doch vill mih wäät wie e Paar feuchte Stivvel.
Un süch do die Pänz, wie se löstich springe,
wie meer fröher, en Pöhlcher, dobei dunn se singe.

Summer en Kölle, och bei Rän ne Jenoss –
un dat he kein Adria, dat ha'mer jewoss.

Winter en Kölle

Winter en Kölle, et Wedder ess schlääch.
Et schneit en de Sod, et schneit op der Wääch.
Et schneit durch et Daach, et schneit aan der Jivvel.
Et schneit en de Schohn, et schneit en de Stivvel.
Et schneit en de Täsch, et schneit op der Brell.
Et schneit durch de Retze, et schneit wie et well.
Winter en Kölle, weed der Schnei noch zo Ies,
ha'mer Chaos en Kölle, nä, ess dat fies.

Winter en Kölle weed des Ovends eesch schön.
Vum Chressmaat hö't mer besennlije Tön.
Schneiflocke tirvele öm all die Leechter,
setzen sich höösch op de Puutejeseechter.

Üvvertrocke met Rief wie en Zuckerfijor
stellt sich unse Dom hück en Positor.
Hä beschötz singe Maat un ess dodrop stolz,
wat et all jitt en dä Hüsjer us Holz.
Dä Döff, dä krüff durch de Stroße un Jasse
noh Printe, Kuschteie, Jlöhwing us Tasse,
dä brängk die Zick noh, en där mer als Puut
ärch brav wor, mer hatt jo Kadangs vör der Rut.
Wärmde ömhöllt all die Minsche, die lore,
un deef em Hätze triff mer op Spore,
die et Chresskindche en uns hät hingerloße,
trotz winnich Jeld un ärch düster Stroße.
För uns jov et domols nit su ne Maat,
mer hatte wal Freud op en ander Aat!
Mer hann uns fröher för uns Puutejlöck
aan nem Finster em »Kaufhof« de Nas plattjedröck,
e paar Mol en der Woch, för dat Kreppespill
uns aanzosinn, dat wor för uns vill.

Adventszick, wie schön, hät hück noch Bestand.
Et jitt se wie domols, bloß em neue Jewand!

Die decke Engelcher, wo sin se jeblevve?

De Famillich kann opodeme. Unse Jung hät de zehnte Klass om Jymnasium jeschaff un ess en de Elf jerötsch. Hä jehö't jetz bei die Jroße. Et jitt kein bellije Klasse mih, nä, av jetz jitt et »Leistungskurse«.
Mer ess dat eijentlich ejal, ov Klass odder Kurs, de Haupsaach ess, dat hä die sechs Johr hinger sich jebraht hät, un mer müsse in lovve, die Zehn hät hä nit schlääch avjeschlosse. Sujar et Lating, die Sproch, die im vun Aanfang aan bal der Hals jebroche hätt (mer Eldere sin dat och noch schold), hät hä met düchtijer Nohhölp vun ner nette Quisel, die mer us der Nohberschaff kenne, met Drei

jepack! Mich hät dat dann doch noch üvverrasch, denn wann et en der Latingarbeit aan et Üvversetze jingk, kom hä mehschtens us der Schull un saht: »Alsu, Mamm, ich hann die Üvversetzung janz jeschaff, ävver noh däm, wat der Lehrer uns noh der Stund jesaht hät, stemmp nit eine Satz vun mer met dä richtije Sätz üvverein. Bei mer kütt ne janz andre Senn erus. Do muss der dat esu vörstelle: Op Lating steit jet vun de Chressdäch, en minger Üvversetzung jet vun Fastelovend.« Ejal, et hät jereck.
Dat hä zo dä Jroße jehö't, kann mer nit nor aan de Zentimetere un aan singer Schnüss merke, die luuter ne flöcke Sproch parat hät, nä, och sing Kledasch muss jetz stemme. Jeans- un Schlabberbaselümcher en düster Färve, bloß nix Helles, dat ess et. Ävver jot ruche un vill dusche muss och sin.
Uns Famillich, mer drei, kumme trotz allem jot zorääch. Jeder muss ens en Fuus en der Täsch maache un e wölle Woot eravschlecke, dann flupp et och. Un janz ihrlich, üch jingk och et Hätz op, wann öre Jung en ener jod Stund sage dät: »Mamm, do bess för mich de Künnijin vun de Mütter!« Dat deit jot! Av un aan verjiss hä allerdings ming Krun, wann mer uns richtich fäje.

Et neu Schulljohr ess allt e paar Mond alt, mer jonn en der Hervs, de eeschte Klausure sin jeschrevve, de Zick läuf. Langsam kütt der Advent. Wat hammer fröher, wie hä noch en der Jrundschull wor, schön Adventsfeste orjaniseet!
Jetz, en däm Alder, jitt et kein Adventsfeer mih en der Schull. Wa'mer Jlöck hät un de Puute sich verstonn, jonn se villeich ens op der Chressmaat un donoh beim Früh e paar Kölsch drinke.
Och do ess se wiggerjelaufe, de Zick, ävver mänchmol mööch ich se doch noch ens zoröckdrihe en die Johre, wie hä noch klein wor.
Wo ess hä jeblevve, dä Ääzengel, dä en enem vill zo koote un enge Kummelijonskleid wie jeliehnt do stundt,

däm de Joldschlöppcher em kruse Hoor luuter op Halfmass hinge? Sing Schwitt us dem Himmel hatt sich en ahl Prinzesskostüme odder Naakshemder jezwängk, un all woren se bemöht, de Kääze nit uszoblose.
Wo sin se jeblevve, die klein Engelcher, ejal ov Poosch odder Weech? All hatten se vill zo eng wieße Strumpbotzen aan, un die klein Foßballerbein sohchen dodren noch knubbelijer un decker us. Der Hellijesching us Joldpapeer hatt kaum Halt en dä widderbööschtije Löckelcher. »Ihr Kinderlein kommet«, ich hann die Melodie vun Puutestemme noch em Ohr.
Wo ess et jeblevve, et Maria? Se hatten im e schwatz Koppdoch vun der Kroß öm singe Pagekopp jefriemelt, un no heelt et en decke Weckelpopp em Ärm un sohch bal janz »hellich« us.
Wo sin se jeblevve, der Jupp un de Heete? Die vill zo jroße Höt, die bes üvver de Ohre rötsche däte, hatten se sich beim Vatter odder Jroßvatter besorch. Als Ömhang woodt der stöbbije ahle Flokati vun der Läuv jehollt, un en der Ledderwess vum jroße Broder däten se bal versuffe.
Ävver all dat moot sin, dat Kreppespill wor et Wichtichste vum janze Schulljohr. Ehre Tex kunnten se wie us der Lamäng. Bloß de Luff unger dä lang Bäätcher us Watt woodt allt ens jet knapp. Die krall Auge, die rut Bäckelcher, dat Klatsche vun all dä Lück em Saal un dat stelle Lovv vun der Mamm, dat wor et dä Pänz wäät, sich esu aanzostrenge.

Vörbei, nit mih widderzoholle. Jung Lück feere janz anders. Wann ehr op mich höre wellt, doot se verwahre, die ahl Prinzesskleidcher, die knappe wieße Strumpbotze un dä Flokati; bal hann de Enkelcher Adventsfeer, un wä weiß, wat dann all noch jebruch weed!

Jefunge

Beim Krose hann ich in jefunge,
dä ahle Koffer vun der Mamm;
verdreck un stöbbich ungerm Daach.
Dat Schloss verross, scheif allt dä Schlössel,
met Spennjewebbs wie Klöppelspetz
ömsponne, heelt hä he de Waach.

Wat hatt de Mamm mer hingerloße,
wie se vör all dä Johre jingk?
Ming Häng krähte vör Freud der Zidder.
Dat Schloss sprung op – do woodt mer klor:
Wat ich vermess hatt esu lang,
ich hatt dä Chressdachskoffer widder.

Huh volljepack met Kessjer, Dösjer,
ahl Schohnskatongs us Pappmaschee,
wat do dren wor, wor för mich Jlöck.
Dä ahle Chressbaumschmuck us Selver,
met Kugele, en janz vill Klöre,
braht mer ming Puutezick zoröck.

Do woren se, die Klöckelcher,
jehalde vun nem rude Schlopp,
ärch schad: e paar wore zerdröck.
Un Vüjelcher met Fedderstätzjer,
hauchzaat jeformb us echtem Jlas,
vun Wäät för mich hück jedes Stöck.

De Kugele janz üvvertrocke
met enem Schleier, bal wie Rief.
Wieß wie Schnei, die met de Tuppe.
De Baumspetz dann em letzte Kessje,
verzeet, bal wie en Künningskrun,
dat Meddelstöck voll Selverschuppe.

Et lochen do noch en nem Höttche,
nor schlääch verpack, eifach verjesse,
drei Kugele aan Selverjaan.
Dodrop us Päälcher Märchebilder,
för mich als Kind de allerschönste.
Mi Puutehätz hing do ärch draan.

Dis Johr bei meer am Hellich Ovend
dunn der 'Designer-Krom' ich fott,
dat bunte Züch bliev op der Läuv.
Die schön, ahl Saache solle jlänze,
ming Puutezick kütt koot zoröck,
ich hatt allt nit mih draan jejläuv.

Wä de Wahl hät...

Et Chressfess steit vör der Dör. Allt zick ener Woch fröch minge Mann mich dreimol am Daach, wat hä mer dis Johr schenke künnt. Wünsch hann ich ere kein, Enfäll hät hä ere kein. Ävver ohne jet vun mingem Hätzblättche ungerm Chressbaum mööch ich och nit sin. Ich dunn ens üvverläje... eesch kummen de Chressdäch, dann kütt Sylvester, un tirecktemang donoh jeit et loss met de Fastelovendssitzunge. Op unsem Programm stonn allt drei vun dä kölsche Feste... un do fällt mer och en, wat ich ens widder bruche künnt: e neu »Cocktail«- odder Ovendbaselümche. Minge Mann ess fruh, dat ich op eimol ne Wunsch hann, nimmp sich ne Daach frei, un mer zwei maachen uns op Rett noh Kölle.

Em eeschte Jeschäff schleit mer vör Freud bal der Plaggen en: Wat för en Uswahl! Ne janze Stock hängk voll vun Klamotte en Jold un Selver. Die doll Kledasch jitt et lang, koot, halvlang un supermini, ävver och eng, wick, en Falde jelaat un plisseet. He mööt ich doch jet finge.

Ich schnäuven ens he em Ständer, ens do em Ständer, laufe jet lans de Wäng un hann em Rüppche allt veer Kleider üvverm Ärm, die mer jefalle.
Minge Mann ess vun Aanfang aan ärch jedöldich. Hä hät sich extra för mich dä Daach freijenomme, un jetz kann kumme, wat well.
En der Ömkleidekabin schruven ich mich en die eeschte veer Kleider eren. Nit ei pass richtich: zo klein, zo koot, zo eng. Ming Jröße ess, wann ich ihrlich ben, noch nit dobei.
Nohm drette Mol »eren en de Kabin, erus us der Kabin« hann ich widder en jot Uswahl jetroffe: Stretchkleider, die solle, wie et heiß, wie en zweite Huck am Balch klevve un richtich schlank maache, do, wo et nüdich ess.
Vum Schlankmaache merken ich nix. Die Kleider klevve wie en Huck op mingem Fell, ävver mih wie de eeschte. Keine Millimeter Luff ess dozwesche. Besondersch dat Kleid, dat wie en Spiral en schwatz-wieß öm ming Fijor bes op de Äd krüff, versetz mer ne Schock. Usjerechent die wieße Kurve jonn jenau üvver minge Buch un ming Fott. Ich sinn us wie en Putschblos. Et ess jo noch nett, dat minge Mann e paar Wööt, die mich opmuntere solle, fingk: »Alsu vun vörre, Leevje, sühs do schlank un rank us, bloß vun der Sick künnt mer dich met enem enjeblötschte Katong verwähßele.« Stretch ess jestorve. Un jetz jefällt mer en däm Jeschäff och nix mih. Op zor nöhkste »Kostümprob«.
Die Jeschäfte, die mer en üvver drei Stund noch besöke, hann all nit dat, wat ich mer vörjestallt hann. Odder... do hängk doch verhaftich minge Draum: e dunkeljrön lang Ovendkleid. Bovveneröm ess et met ener janz elejante Spetz besatz, un die lang Spetzemaue laufen en enem Dreieck om Handrögge us. Jenauesu e Kleid hatt ens en Künnijin om Bild en esu nem Kiesblättche aan.
Dä Clou vun däm Kleid ess dat janz eng plisseete Ungerdeil. »Traumhaft«, ävver för mich mih wie nen Albdraum. Bes aan de Talje jeit dat noch, ävver Plissee hät jo

die Aanjewende, jenau aan dä Stelle opzojonn, aan denne et besser zoblieve dät. Och dat kütt nit en Froch.
Versöken ich evvens noch dat Minikleidche met knappem Dräjershirt, Taffrock met »Petticoat« en dunkelrut. Die Korsaasch sitz wie för mich jemaat, doll, och minge Buse kann sich dodren sinn loße, bloß dä Rock! Wann ich ihrlich ben, sinn ich us wie su e selvsjehäkelt Pöppche, wat mer üvver de Ersatzroll om Klo stölp.
Bei dä nöhkste Kleider, die ich aanprobeere, kummen ich jar nit mih us der Kabin erus. Trotz minger Wot un mingem Verdross behält minge Mann sing Rauh. Hä jeit eesch met mer noh Huus, wann ich e Kleid jefunge hann. Ohne läuf nix, ungerm Chressbaum muss jet lijje.
Ich hann enen Enfall: »Trachtenmode« ess jo och nit schlääch. Op einem Ständer hängk ne wunderbare, janz edle Weldledder-Dräjerrock, lang bes op der Boddem. Dat Ledder ess weich wie Siggepapeer, leich oliv jetönt, un der Latz janz bungk besteck. Dodrop dann en wieße Spetzeblus, dat wör ens jet andersch.
Ich freue mich op et Aanprobeere. Dä Dräjerrock ess e Jedeech – bloß nit för mich. Wann ich die Knöpp en der Talje richtich zomaache, dat hä janz eng sitz, dann fällt mer der Latz mangels Bruss noh vörre bes op der Buch. Die Dräjer kööter maache brängk et och nit. Ich hann eifach nit jenoch för en der Latz! Dä wigge lange Rock, aanjekrus, steit vun selvs op der Äd, un mingem Mann fällt bloß noch en zo sage: »Do sühs us wie dat Pöppche us dem Wedderhüsje, wat bei Sonnesching erusküt. Ävver su wie do ussühs, dät ich deer rode: Bliev besser drenne.« Rääch hät hä!

Dat wor wal en Futzidee vun meer, partu als fing Madam opzotredde. Klassisch koot un eifach ess un bliev doch minge Stil. Em eeschte Jeschäff hann ich su e klei schwatz Kleid jesinn, ohne vill Jedöns, nix dröm un nix draan, do jonn mer zwei jetz noch ens hin. Un esu e Kleid kann mer op jede Fall och jot för op Beerdijunge bruche.

Dat neu Rezepp

Och, wat wor et bei der Mamm derheim aan de Chressdäch jenöchlich. Un et Esse – lecker! Ich kann mich jot drop besenne, dat et en de eeschte Puutejohre am Hellije Ovend Ädäppelschlot met selvs jemaater Majonäs un Wööschjer jov. Dat wor der ene Jenoss! Kaum en ander Jereech schmeckten esu däftich, un aan däm Ovend jov et för uns Pänz och allt ens e Wööschje mih wie söns. Am eeschte un zweite Daach kom dann ne Schmorbrode met dunkler Zaus, en Färv bal wie Röbekruck, op der Desch. Dozo jov et Leipzijer Allerlei.
Noh Johre woodt de Chressdachs-Foderkaat e klei bessje jeändert. Der Papp hatt e paar Märkelcher mih Jehalt em Blösje, un am Hellije Ovend kunnt sich de Famillich et eeschte Mol aan Schinkeröllcher met Sparjes sattesse. Widder e paar Johr späder kome anplaaz de Schinkeröllcher Pastetcher met Rajufäng un dann de Krabbe en Sahnezaus aan de Reih. Ävver der Brode ess bes zom Dud vun der Mamm ehr Spezijalität jeblevve.
Hück hann ich en eije Famillich, un mer wähßele uns aan dä Däch luuter mem Koche av. Ming Schwöjersch ess ene Fän vun der »Nouvelle Cuisine«. Janz ihrlich, se kann bal esu jot koche wie ne Franzus. Die Sufflees zerjonn op der Zung, un de flambeete Brode met Obs un Schabau sin e Jedeech. Wann ich draan ben, mäht mer dat allt ens Problemcher. Eimol mööch ich jo ens zeije, dat ich och jet vun Nouvelle Cuisine verstonn.

Dis Johr Hellije Ovend sin se all bei mer derheim. Zwei Johr vörher hatt ich mich ens met enem Karpe erömjeschlage. Dat Rezepp heeß »Karpe em Jemösbett«. Et wor mer jot jelunge, nor der Fesch dät em Backovve luuter ömkippe. Nohdäm ich in met ener halv Roll Alufolie usjestopp hatt, stundt hä wie ne Zaldat, ävver die Alureste däte de Jäss jet aan de Zantplömbcher pecke. Alsu wor der Karpe jestorve, ich moot mer jet Neus enfalle loße.

Puter, jo, ich maachen ens widder ene richtije, jroße Puter. De Rezeppböcher woodte jewälz, un loss jingk et. Dat Riesebies woodt avjedrüch, jewööz un der Buch met falschem Has usjeföllt. Ich dunn nit jän dut Deere em Buch eröm matsche, ävver noh ner Stund roch et em janze Huus wie en nem vörnähme Restorang. Ming Famillich kom, der Desch wor fesslich jedeck, de Rindfleischzupp noch jet nuppich, ävver lecker, un dann wor hä draan, minge Puter. Hä sohch us wie us dem Kochboch jehöpp, joldbrung un kross. All reefen se »Hooch!« un »Hah!« Jetz bloß noch useneinschnibbele, dat heiß bei fing Lück jo trangscheere, un dann kunnte mer et uns schmecke loße. Wie ich mich draan jov, der Buch opzoschnigge, spoot ich op eimol ene Widderstand. Noch ene Schnett, un dann sohch ich, wat ich verjesse hatt: de Plastiktüt met de Ennereie. Se hatt die janze veer Stund metjebrode. Jott sei Dank wor se nit verschmort, un de Ennereie wore jot mangs.
E Jlöck, dat ich suvill Strüßjer Pitterzillje als Dekorazijon jenomme hatt. Zwei Strüßjer laht ich höösch, ohne dat et einer jemerk hatt, op die Blos, leet keiner aan die Plaat draan, dät dat Fleisch verdeile un hoot vun alle Sigge Lovv: »Dat häss do ävver jot hinkräje, schmeck tillekat, met enem su pikante Jeschmack hann ich noch nie Puter jejesse. Verröts do uns dat Rezepp?«
Janz ähnz hann ich jesaht: »Nix weed verrode, ich hann schleeßlich och ming eije Nouvelle Cuisine«.

En Üvverschwemmung en Bethlehem

Hück am Hellije Ovend hann ich ens widder richtich Pläseer, der Chressbaum zo dekoreere. Spass hann ich dobei eijentlich jedes Johr, ävver mänchmol ess dat Baumopstelle allt nen adije Zorteer, un dat Kunswerk weed vör luuter Schängerei, weil et widder nit all esu flupp, wie mer et sich wünsch, jet muuzich jemaat.
Ävver, wie jesaht, hück nit. Meer hann ene neue Chressbaumständer met ener janz modäne Seilzochspannung. Dat Opstelle jeit esu flöck, dat mer noch nit ens mih e Jläsje Schabau dobei drinke kann, un der Baum steit wirklich noh e paar Minutte esu fass, als wör hä enzementeet en däm jröne Jossständer.
Keine Knies un kein Schängerei, der Hellije Ovend fängk allt unjewöhnlich fröh aan, »hellich« zo wäde.
Janz vill Zick nemme ich mer för et Opstelle vun der Krepp met dä janze Fijore.
Ne kleine Nohdeil hät dä neue Chressbaumständer, hä ess breider wie dä ahle, un de Krepp steit jet ärch wick em Zemmer. Do muss de Famillich jot oppasse un de Föß jet aanhevve. Hoffentlich fällt keiner üvver die Hüvvel-Landschaff us Kiselstein, Moos un Dannejrön en Bethlehem. Su, noch Wasser en der Ständer, domet der Baum och jet zo drinke hät. Dat Wasserloch ess ärch klein, mer muss et jeden Daach nohfölle, ävver mer wundert sich doch, dat en janze Blomejeeßkann voll Wasser en dat Döppe pass.
Et Lagerför weed aanjemaat, der Stän vun Bethlehem leuch, un och der Chressbaum em neue Ständer strohlt em Fessdachsstaat. Mer verlevve ne wunderschöne Hellije Ovend.
Am eeschte Chressdaach künne mer uns Bäumche un uns Kreppche nit jeneeße, denn morjens nohm Fröhstöck jonn mer de Famillich besöke, doch vörher weed der Baum noch fresch jedränk. Dat Strüh em Stall rüch jet feuch un möffich. No jo, et janze Johr em Schohnskatong

ohne fresche Luff, dä sore Döff ess secher en e paar Dach fott.
Der zweite Chressdaach hammer widder för uns. Hück maache mer et uns em Wonnzemmer janz jemötlich un dunn em Schlofaanzoch fröhstöcke. Der Desch weed jedeck, de Kääze am Baum un aan der Krepp wäden aanjemaat, der Chressbaumständer flöck noch nohjeföllt. Fädich.
Ich laufe morjens jän op Söck durch et Huus. Noh e paar Schrett öm der Chressbaum un de Krepp weed et mer op eimol ungeneröm jet feuch. Wat sagen ich: feuch? Ming Söck sin en e paar Sekunde klätschnaaß bes aan de Bündcher. Wasser? Wasser! Wasser em Wonnzemmer!
Wie vum Donner jetroffe blieven ich stonn. Dat kann doch nit wohr sin, der janze Stall steit unger Wasser. Mer hann en Üvverschwemmung en Bethlehem. Dem Marie steit et allt bes aan der Buch, de Heete jeit et bes aan de Kneen odder läuf et en de Sandale. De Schöfjer künnen et suffe, un och de Künninge met dem huhbelade Kamel kämpfe sich durch de Welle. Dat Jesukind hät Jlöck jehatt. It litt noch jenöchlich en der Krepp. Wie jot, dat domols beim Zoräächknuve die Bein vun der Krepp jet ärch lang jewoode sin!
Die Bröh hät sich op unsem Parkettboddem allt bes aan de Teppichränder vörjearbeit, als hädden einer »Wasser marsch« jesaht. Vun wäje jemötlich fröhstöcke! Jetz muss eesch ens die Orsaach jefunge wäde, un dat jeit flöck. Der Chressbaumständer bruch doch nit esu vill Wasser. Dat Nohschödde jeden Daach hätte mer uns schenke künne, vum Hellije Ovend aan muss dat Dinge üvverjelaufe sin, un mer hann et nit jemerk.
De Opräumakziun nimmp ärch vill Zick en Aansproch. Zoeesch müssen ens de Kreppefijore drüchjelaht wäde. Der Melchior ess för en koote Zick allt en de Flute versoffe, ävver wie durch e Wunder künne mer en met Föne un Avdrüjje widder aan et Levve krijje. Och ene kleine Heet hatt bal de Jick jeschlage. Doch noh e paar Mol

Blose un Rubbele, wobei hä leider jet Färv verleet, ess dä och widder en der Wehr. All die ander Fijore, die bloß naaße Föß odder Kneen hann, kummen ohne Schnuppe us der messlije Zituaziun erus. Jet Sorch mäht mer et Maria, hoffentlich kritt et keine Rießmatismes en de Kneen, söns mööt et domet et janze nöhkste Johr en der Kess lijje.
Dat fuul Strüh kütt en de Tonn, un janz vörsichtich wäden die Fijore all op ene Sessel usquarteet un met nem Kösse avjedeck, Feber künne mer nit jebruche, suvill Wadeweckele künnt ich jar nit maache. Och dat Kamel weed unger dat Kösse jestopp. Ohne sing Künninge föhlt et sich verloße. Met Opnemmere un Köchedöcher versöke mer de Üvverschwemmung en Bethlehem en der Jreff zo krijje. Jetz mäht sich et Kraffträning vun mingem Mann en der Mucki-Bud bezahlt. Wie Klein-Herkules hält hä met usjestrecktem Ärm dä Chressbaum zwesche Deck un Boddem fass. Singe Bi- un Trizeps flutsche hin un her. Mer hann Jlöck jehatt, noch hivv sich et Parkett nit. Die Decke, die dodrop loche, kumme för zo drüje en der Keller. Alles weed neu avjedeck, de Teppiche met Köchedöcher ungerlaht, domet dat Naaße nit op der Boddem kütt, un noh ener Zick de Krepp widder opjestallt. Jetz süht et all wie neu un maneerlich us.
Minge Mann ess jeschaff. Dat all am fröhe Morje op der Nööchter, dat hät Kraff un Nerve verbruch. Hä liet sich för e Püsje en der Sessel falle. Dat Knacke unger singer Fott weed för uns zom Donnerhall. Hä hät sich op die Kreppefijore jesatz. Un jetz kütt wirklich dat Wunder vun Bethlehem: Fijore, die en Üvverschwemmung üvverstonn, die halden och dat Jeweech vun enem jestande Kääl us. Bes op dat Kamel, dat hät der Hals jebroche. Dat ärm Deer, letz Johr hatt et allt e paar janz kumplizeete Beinbröch, un jetz der Hals!
Mer hoffe, dat mer et noch ens repareet krijje, der ahle Jips ess allt ärch bröckelich, söns muss et en Rent jonn, och wann et uns leid deit.

Mer sin fruh, dat mer met dem Huhwasser su jot parat kumme un der Stall jerett ess. Et Marie un der Jupp künne widder laache. De Künninge müssen evvens en Zick lang ehr Jeschenke selver drage, dat Kamel muss morje eesch ens en der OP.
Un Wasser kritt der Baum bes Dreikünninge, wann üvverhaup, us dem Milchkännche.

Wat dunn die he?

Dä kleine Esel en der Schör
schött janz höösch der Kopp:
»He em Stall ess hück jet mangs.
Ich wäde bal beklopp.
Wat dunn dann all die Minsche he?
Hammer he hück e Fess?
Se loren all dat Ditzje aan,
wat jrad jeboren ess.

Do litt doch bloß e Püütche stell,
wat noch nix sage kann,
fruh ess, dat de Krepp jot wärm,
un lo't noh singer Mamm.
Wat dunn dann all die Heete he,
die söns en Ies un Kält
met ehre Schöfjer sin zojang?
E Kind em Stall se hält!

Dä Klein süht eijentlich doch us
wie jede andre Quos.
Doch irjendjet muss anders sin,
dat merk sujar dä Ohß.
Wat dunn dann all die Häre he
met Krune voll Tiamante

un joldbestecktem Kamesol?
Dat sin doch kein Verwandte!

Marie un Jupp verbasert sin,
wä all kütt en de Schör,
un wat se bränge als Jeschenk.
Allt widder jeit de Dör.
Wat dunn dann all die Engele he
ömhöllt met jolde Leech?«
Vum Kreppche strohlt et Jesuskind
däm Esel en't Jeseech.

Jetz weiß dat kleine Jraudeer och:
Dat Kind verschenk sing Leev,
un Heet un Künning, Engel, Deer
triff dat em Hätze deef.
Dä Esel springk vör Freud wie jeck.
Hä kann et nit beschrieve,
wat in, ov hä no well, ov nit,
schnack aan de Krepp deit drieve.

Hä böck der Kopp janz noh erav,
mööch sich nor flöck bedanke.
Do pack dä Klein in aan et Ohr,
als wöss hä sing Jedanke,
un deit mem Puutehängche höösch
die Vörwetznas im rieve. –
Dat Bützje, wat vum Kind hä kritt,
soll si Jeheimnis blieve.

Et Fessmenü

Der Desch weed fesslich hück jedeck
met jodem Posteling, ess klor,
de Zerviette, janz en Jold,
un Dannejrön met Engelshoor.

Chressdaach ess, un wie zick Johre
freut sich de »Jroßfamillich« drop.
Se kumme jän, hann dann kein Arbeit,
ävver als Huusfrau steit mer Kopp.

En Dobbel Öllich fresch jehack,
Jemös jeputz, der Schlot zorteet,
Ädäppel akkerat jeschellt.
Der Ovve allt ens usprobeet.

Krückcher för de Zaus jeschnedde,
dann Majonäs noh Huusmannsaat,
selvs durchjeschlage, avjeschmeck.
Ein Leckerei steit allt parat.

Wießwing för der Rinderbrode,
allt opjemaat steit dä om Desch.
Zoeesch e Jlas för mich un dann
üvver der Brode un der Fesch.

Rutwing, e besonder Dröppche,
weed dekanteet, dä bruch sing Zick;
bes dat et Esse fädich ess,
ess dä Jeschmack dann esu wick.

E Jlas probeere wör janz jot.
Edel dä Droppe, dä hät jet!
Eijentlich deit Rutwing stoppe.
Nit schlääch, mer hann bloß ei Klosett.

Nä, wat hann ich zo bedenke,
ich weiß nit, et weed luuter Stress,
wann sich de leev Famillich triff
jenöchlich för et Chressdachsfess.

Bei all der Arbeit künnt ich doch
dä Wieße noch ens flöck probeere.
Bloß aan dä Brode? Dat wör schad!
Ei Jläsje kann ich noch riskeere.

De Schruutebruss muss noch en Öl,
Knuflauf draan, dat se all stinke.
Noch e Jlas, jot för de Nerve:
wä hatt arbeit, darf och drinke.

En dä Ovve kütt dä Brode,
och dat Jemös weed dropjedonn.
Noch e Jlas Rutwing kann nit schade,
op einem Bein kann mer nit stonn.

Irjendwie jeit et jetz leichter.
Su wichtich ess dä Brode nit.
Der Drock: »jlich kummen se!« futtü,
avwaade, wat et all noch jitt.

Wat woll ich maache för en Bruss?
Un wo hann ich die hingeklätsch?
Noch e Jlas, der Ress vum Wießwing.
Och, dat Jemös ess eine Tätsch!

Wie dät noch ens der Rude schmecke?
Mm... dä pass zom schwatze Brode.
Su schwatz wor dä doch söns noch nie!
Typisch Schlaachtes, schlääch berode.

Komisch, de Wießwingfläsch ess leddich.
Wo ess bloß dat Jesöff jeblevve?

För su ne Brode bruch mer vill.
Och dat Rindveh soll jot levve.

Hück loßen ich mich ech nit lumpe,
ich maache noch ene Wieße op.
Wat dä Brode nit mih bruch,
dat drinken ich noch bovven drop.

Ich ben jet möd, ming Bein jet lahm,
su e Menü verbruch doch Kraff.
Nohdesch? Künnt ehr hück verjesse!
Ich kann nit mih! Ich ben jeschaff!

Schruutebrüssje, bes do läufich?
Do kunnts secher doch noch fleje.
Et klingelt, de Famillich kütt,
halt dich jrad, bloß nit bewäje.

Et freut mich, dat ehr pünklich sid,
su jot jesennt, su fruh un »heiter«,
doch weil mi Fessmenü em Emmer,
»zieht die Karawane weiter«!

Wünsch

Ich wünschen üch op Chressdaach, su wie jedes Johr,
Jesundheit, ohne die sin mer all ärm.
Ich wünschen üch op Chressdaach janz vill Jlöck
un Kinderlaache, dovun weed et Hätz op eimol wärm.

Ich wünschen üch op Chressdaach endlich Fredde,
jet Rauh, un dat ne Draum, villeich, weed wohr.
Ich wünschen üch op Chressdaach, dat ehr stell wädt,
domet Erennerunge, die verjesse, widder klor.

Ich wünschen üch op Chressdaach och jet Leckersch,
un nit bloß dat, wat för et Büchelche jedaach.
Ich wünschen üch op Chressdaach Kääzeleuchte,
dat durch de Siel strohlt en der Hellije Naach.

Ich wünschen üch op Chressdaach bunte Päckcher,
jeföllt met Saache, die üch maache Freud.
Ich wünschen üch op Chressdaach e paar Wööt,
vun einem, dä si Schwijje längs allt hät bereut.

Och wünschen ich üch Jotheit deef em Hätze,
för die och, die för üch nix hann wie Hass.
Och wünschen ich üch Zick, för Hölp zo jevve,
jrad dann, wann et üch eijentlich nit pass.

Och wünschen ich üch Truus zom Wiggerjevve
aan die, die janz allein un ohne Halt.
Och wünschen ich üch Laache zom Verschenke,
domet et Levve nit su jro un nit su kalt.

All dat, wat ich för üch he hann jeschrevve,
jilt och för mich, ich schleeße mich met en.
Alles op eimol weed villeich nit jonn,
su pö a pö künnt et uns doch jelinge,
un wa'mer dann de Chressdachsleeder singe,
hät och dat Fess wie fröher singe Senn.

Hück ess et noch wie immer

De Kirch ess peckevoll.
All sin se jekumme, för Avscheed zo nemme.
En der Troorhall, späder, luuter Kränz un Buketts.
Jeder jeit singe Jedanke noh.
Trone peckele, ohne dat mer et merk.

Hä weed uns fähle, ävver wie lang hält dat Jeföhl aan?
Der Wääch nohm Jrav ess lang un stell.
Dat Rassele vun de Kette, met denne se der Sarch en de Äd eravloße,
driev einem ne Schudder üvver der Rögge.
Jetz ess hä för immer us unsem Bleckfeld jejange.
De letzte Blom, der letzte Jroß.
Kundeleere am Jrav. –
En wärm Tass Kaffe un e Stöck Streukoche schmecken allt widder.
Verzäll üvver fröher.
»Nä, am Engk jingk et ävver flöck.«
»Letz hann mer in doch noch jesinn.«
(Wann wor eijentlich »letz«?)
»Maach et jot, mer melde uns.
Dat soll e Woot sin!«

Donoh bliev nix mih, wie et wor.

Kaum einer meldt sich.
De mehschte Lück jröße jrad noch vun der ander Stroße-sick.
Kaum einer hät der Mot, met ehr üvver der Verloss zo spreche.
Se wesse nit, wat se sage solle.
Kaum einer mööch die Troor metkrijje odder spöre.
Leever de Auge zomaache.
Un wann doch einer de Mul opmäht, stellt hä Froge wie:
»Wor et schlemm?«
»Deit et ärch wih?«
»Wat häss do jefohlt?«
Kaum einer kann, kalt wie uns Zick ess, noch selver Wärmde avjevve.
Et süht us, als hätten se jrad noch jenoch för sich selvs.

Doch eimol sin meer all aan der Reih, un dann bliev och bei uns nix mih, wie et wor....

Dann wöre mer fruh, et dät uns ens einer froge, aanrofe, enlade odder bloß en der Ärm nemme un kriesche loße.... Dann wöre mer jlöcklich, wann einer dat Woot halde dät: »Mer melde uns!«

Eijentlich ess dat janz eifach, mer muss sich bloß klormaache:
Fründschaff hö't beim Nemme nit op, se fängk beim Jevve eesch richtich aan.

Krose en nem ahle Levve

Zick Woche steit dat Huus leddich.
Hä ess dut. Ävver et ess all noch esu, als wör hä jrad jejange.
Om Köchedesch litt all dä Krom, dä för in singe Wäät hatt un för uns bloß unnötz ussüht. Klein Zeddelcher met e paar Wööt odder Zahle drop. Ahl Zeidunge, Dudesaanzeije, zick Johre jesammelt, am Rand sin se allt jääl. De Pelledos för de janze Woch zoräächjemaat, et Fröhstöcksbrettche met däm ahle bleche Metz, donevve die decke brung Teetass. Ov hä die en der letzte Zick üvverhaup ens jespolt hät? Der brunge Rand vum avjestande Tee süht allt ärch alt us.
De Menükaate vum »Esse op Rädder« lijje verstraut dozwesche, Tilefonnummere, die hä bei der Hand hann moot, Kircheblättcher, de Avfahtszigge för der Bus. De Tablette, all noch Jroßpackunge, op Vörrot jekauf, stonn op Häuf op däm ahle Köcheschaaf. Et ess voll jestivvelt, noh nem janz besondere, uns unbekannte System zor-

teet. Hätztablette janz vörre, der Lingesom un de Avföhrpelle tireck dohinger. Dann Millezing, dat et Blot jet dönner weed un besser durch de Odere läuf, Tees för besser zo pinkele, Hostesaff un zosammejepappte Kuletschkamelle schleeßen sich aan. En Häd Augedroppe, Mullbinde, Kräms för de kranke Föß un Salve för de Entzündunge aan de Bein un wo söns noch.
Et Bett litt noch su opjeschlage, wie hä erusjekroffen ess, un et janze Huus hält noch immer singe Jeroch fass, als wöll et in nie freijevve. De Famillich steit bedröv en der Dör. Hück well se endlich ens met dem Oprüme un Uszorteere aanfange. Dat Huus soll verkauf wäde. Hä hät dat immer jewoss, dat keiner vun de Pänz he entrecke well.

Wo fängk mer et bess aan? Et bess nirjends. Jedes Deil, wat mer en de Hand nimmp, deit wih. Jehö't sich sujet eijentlich? Krose en nem ahle Levve? All die klein un jroße Jeheimnisse, all die persönlije Saache, wo hä esu draan jehange hät, sin bal nix mih wäät.
De Famillich mäht et sich nit leich, versök su vill wie et jeit zo verschenke anplaaz fottzowerfe.
Ävver wä well hück noch dä ahle Krom? En de letzte Johre woll hä nix Neu's mih hann. Keiner kunnt im eijentlich mih en richtije Freud maache. Hä hatt et sich jewünsch, dat Altwäde un Sterve en singem ahle Huus un en singe vertraute Saache. Bes op e paar Woche ess et im jelunge. Met fünfunnüngsich darf mer jonn. Hät mer doch jenoch Schönes un Schläächtes erlääv un sich die Rauh verdeent.
Jedes Schaaf, jedes Schoss hät för de Puute en Üvverraschung parat. Ne Zylinder us Struußefeddere, noch vun singer Huhzick, jekauf bei nem bekannte Kölner Hotmächer, fingk bei einem vun dä Pänz e neu Zohuus. Et Selverbesteck, der jode Posteling, Vase un Kristalljläser wäden ihrlich opjedeilt.
Jott sei Dank jitt et keine Strick.

Die ahl Nihmaschin kann mer doch nit fottjevve! Wievill Bötzjer un Mäntelcher hatt de Mamm op ehr för die Junge jeniht, Flecke dropjesatz un de Bettwäsch dodrop jestopp. Einer vun dä Pänz behält se als Suvenirche. Se kritt en janz besonder Plaaz derheim, nit zo üvversinn. Dat Köcheschaaf us der Nohkreechszick süht jo jet verkumme us, un die klein Jadinge hinger dä drei Rutte sin ärch knüselich. Ov dat alt Dinge noch ene Ömzoch üvversteit?
Mer muss et eifach ens riskeere.
Em Keller kütt de jrößte Üvverraschung. E janz Rejal voll met ahl Note, Partiture vun Opere un Salongorchestermappe. Hä hatt en jung Johre Vijelinspille studeet, singe Kunzäätmeister jemaat, Stunde jejovve, un dann kom dä schwerste Schlaach en singem Levve: vun hück op morje kunnt hä noh ner Verkäldung nix mih höre. All dat kütt op eimol bei de Pänz widder huh. Die Vijeline sin noch do. Jot verpack, zick Johre nit mih us de Keste erusjekumme, lijje se unger dä schön besteckte Sammetbezöch un wade drop, ens widder bespannt zo wäde. Och die krijje en Ihreplaaz, zosamme met e paar Note un nem Bild vum Vatter. Su soll hä för sing Pänz lebendich blieve.
Janz schlemm weed et bei de Fotos un Brefe. Su mänche jlöcklije un trorije Bref, eijentlich nit för de Pänz jedaach, brängk Saache aan et Leech, die se hück besser verstonn künne. Do weed der Kreech beschrevve, de Troor, et Heimwih, do kumme Minsche zo Woot, die mer allt lang verjesse hät. Et ess wie ne Film, dä avläuf, un janz leis sagen se för in: »Vatter, dat Krose en dingem Levve deit ärch wih, ävver selvs jetz künne mer us mänche Saache noch vill vun deer lihre. Disziplin un Kurasch, die häss do luuter för uns met jehatt, dat künne mer och zwesche de Zeile noch lese, ...un, Vatter, dat ahle Köcheschaaf, avjelauch un fresch puleet, met neu wieße Spetzejadingcher verzeet, steit bei uns för dich parat. Wann do em Himmel nit jenoch Plaaz häss för ding Zeddelcher un

dinge Krom, loß et eifach all eravfalle, mer verwahren et jän för dich!«

Wie süht nen Engel us?

Engel hann e jlöcksillich Jeseech,
ömhöllt vun Jlanz us luuter Leech.
Engel hann Flöjel met Blattjold betrocke
un herrlije, sigge Himmelslocke.
Engel dragen e lang wieß Jewand,
drop jletzert us Jold e Stäneband.
Engel dunn janz klockehell singe
un immer de richtije Harfetön finge.
Engel, die bruch mer en singem Levve,
se dunn off jrad dä Minsche jet jevve,
denne et fählt aan Arbeit un Jeld.
Ärm Lück jitt et noch jenoch op der Welt.
Engel, die röf mer, mänchmol zom Truus,
wa'mer allein ess, kei Minsch mih em Huus.
Un wann do nit weiß, wie et wigger soll jonn,
frog dinge Engel, dann wees d'et verstonn.
Engel, die halden des Ovends de Waach,
halden ehr Hand üvver uns jeden Daach.

Wie se ussinn, dat steit en nem hellije Boch.
Bes hück wor dat för mich och jenoch.
Doch müssen Engel schön sin un fing,
met jlasklorer Stemm un nem Hellijesching?
Künnten se nit och hässlich un klein
odder alt sin, un wie meer ens allein?
Dragen die üvverhaup e wieß Jewand?
Ov hann se wie Minsche en Arbeitshand?
Och Singe un Harfespill wör nit richtich,
su en Saache, die sin suwiesu nit wichtich.
Nen Engel künnt och dä ahle Mann sin,

trotz Ping ess hä fründlich. Hör bloß ens hin!
Och dä Klein, dä em Rollstohl, laach voller Pläseer,
us Freud am Levve, jän deilt hä met deer.

Villeich wonnt nen Engel met deer Dör aan Dör.
Mer kann et nit wesse, doch stell deer ens vör,
dat die Häng, die dich dröcke un deer jevve Halt,
nem Engel jehöre en Minschejestalt.

Sonnestrohle

Sonnestrohle op enem ahle Jeseech,
die bewäje mi Hätz.
Sonnestrohle, die sich em Wasser spejele,
die verföhre mich zom Dräume.
Sonnestrohle op ener Summerwies
loße mich denke aan ming Puutezick.
Sonnestrohle en minger Nas,
die bränge mich aan et Laache.
Sonnestrohle en dinge Auge,
die halde mich för en Iwigkeit fass.
Sonnestrohle, die durch de Jadinge spingkse,
maache mich neujeerich op der neue Daach.
Sonnestrohle op dem Jrav vum Vatter
sin wie Jröß för mich us dem Himmel.
Sonnestrohle nohm deckste Jewedder,
die zeije mer, wie klein ich ben.

Sonnestrohle op de Rutte,
die maache mich wödich:
Se mööten ens widder jeputz wäde...!

WO MER WAT FINGK